# 兵《へい》士《し》になったクマ

## ヴォイテク


訳：長野 徹　　著：ビビ・デュモン・タック

絵：フィリップ・ホプマン



汐文社

国境線《こっきょうせん》は第二次世界大戦開始当時《だいにじせかいたいせんかいしとうじ》のもの）

ポーランド兵とヴォイテクがたどった

# もくじ

# 1　砂漠《さばく》の中のクマ

暑さで空気がゆらめいていました。その時間、軍隊《ぐんたい》の宿営地《しゅくえいち》はまるでゴーストタウンのようでした。もしこの炎天下《えんてんか》に外に出たりしたら、体が燃《も》え上がるような感じがしたことでしょう。

それなのに、その燃《も》えるような暑さの中で外に出ている動物がいました。動物は、停《と》めてあるトラックの間をおぼつかない足取りで歩きながら、ときどき立ち止まっては、一台一台、車の匂《にお》いをかいでいました。そして給水《きゅうすい》トラックの前までやって来ると、立ち上がって蛇口《じゃぐち》をつかみ、前足の爪《つめ》でガリガリひっかきました。けれども、蛇口《じゃぐち》はしっかり閉《し》まっていたので、水は一滴《いってき》も出てきませんでした。

その動物はクマでした。クマがこの宿営地《しゅくえいち》を訪《おとず》れたのはこれがはじめてでした。

これまで訪《おとず》れたどこよりもはるかに大きな宿営地《しゅくえいち》でした。ここには司令部《しれいぶ》が置《お》かれていたのです。クマの飼《か》い主《ぬし》はどこかでお昼寝《ひるね》をしていました。陽射《ひざ》しがあまりに強くて、クマは今にも倒《たお》れてしまいそうでした。

クマはよろめくように歩きながら、いくつものテントを通りすぎました。でも、飼《か》い主《ぬし》は見つかりません。空気を吸《す》いこめば、宿営地《しゅくえいち》の生活が放つ、ありとあらゆる匂《にお》いが感じられました。油、ガソリン、ビール、タバコ、チキン、レザーワックス、汗《あせ》、火薬《かやく》、そしてもちろん、何千キロも広がる砂《すな》の匂《にお》い。

中には、正体のわからない、はじめてかぐ匂《にお》いもありました。そこで、クマは探《たん》検《けん》に出かけることにしました。何かいい匂《にお》いがするときは、そのチャンスを逃《の》がすわけにはいきません。クマは鼻をたよりに宿営地《しゅくえいち》の中を進んで行きました。陽射《ひざ》しに焼《や》かれて鼻に火ぶくれができそうになっても、おかまいなしでした。クマにとっては、おいしい食べ物にありつくことよりも大事なことはないのです。

クマは左に曲がり、右に曲がり、また左に曲がりました。テントのまわりをふらふら歩きまわり、とうとう探《さが》していたものを見つけました。後ろ足で立ち上がると、それをじっくり調べはじめました。やがて、耳をつんざくような大きな悲鳴《ひめい》があたりに響《ひび》き渡《わた》りました。

クマはびっくりして、尻《しり》もちをつき、前足で両目をおおって、いないふりをしました。そうやってじっとしていると、やがて、飼《か》い主《ぬし》の声が聞こえました。クマはばつが悪そうなようすで、前足をずらして外をのぞきました。

「悪いクマめ、こんどは何をしようとしていたんだ？　頭の上にのせているものはいったい何だ？　物干《ものほ》し竿《ざお》にでもなったつもりか？」

クマは前足を目の上にもどすと、体を前へ後ろへ、ゆさゆさゆすりはじめました。

クマは、何も知らずに、うっかり女性《じょせい》たちの宿舎《しゅくしゃ》がある場所に入りこんでしまったのでした。クマはこれまで女性《じょせい》を間近で見たことがありませんでした。もちろん、悲鳴《ひめい》を上げる女性《じょせい》に出会うのもはじめてでした。だから、女性《じょせい》というのは、ちょっと臆病《おくびょう》な生き物なんだと思いました。

「あなたがこのクマの飼《か》い主《ぬし》？」女性《じょせい》たちの一人が、クマのそばに立っている兵士《へいし》に声をかけました。

兵士《へいし》は何度も何度も謝《あやま》りました。でも、女性《じょせい》たちは謝罪《しゃざい》の言葉を聞きたいわけではなく、ただ、下着を返してもらいたかったのです。

クマの頭の上には、少なくとも十枚《まい》の下着がのっていました。そのうちの一つは、鼻からぶら下がっていました。首にはブラジャーが巻《ま》きついていました。クマはすっかりご機嫌《きげん》でした。どれも、花のように心地よい、いい香《かお》りがしたからです。それに、大好《だいす》きな水が滴《したた》っていました。

悲鳴《ひめい》を上げた女性《じょせい》たちは、ポーランド軍《ぐん》の通信隊《つうしんたい》の隊員《たいいん》で、男たちと同じく兵士《へいし》でした。クマが見かけほど危険《きけん》ではないことがわかると、女性《じょせい》たちはもっと近づいてきました。

## 1　砂漠の中のクマ

「引っ張《ぱ》られたから、どの下着も伸《の》びてしまったじゃないの」女性兵《じょせいへい》の一人が文句《もんく》を言いました。

「熱いお湯の中で洗《あら》うといいですよ。縮《ちぢ》んで、元のサイズにもどりますから」兵士《へいし》はクマの頭から下着を一つ一つ、つまみ取りながら言いました。

「なんなら、わたしがお洗《あら》いしましょうか？」そこへやって来たもう一人の男の兵《へい》士《し》が言いました。

「いいえ、自分たちでやりますから」女性《じょせい》は答えました。彼女《かのじょ》はすこし動揺《どうよう》しているようでした。それでも女性《じょせい》たちはみな、顔に前足を当てたまま体をますます激《はげ》しくゆすっているクマを見て、笑《わら》わずにはいられませんでした。

「こんにちは。あなたって、おかしなクマねえ！」女性兵《じょせいへい》は親しみのこもった声をかけました。

「はじめまして」後からやってきた兵士《へいし》が言いました。「ぼくはスタニスワフ。こっちは親友のピョートル。クマの飼《か》い主《ぬし》です。そしてこのクマは、ヴォイテク二《に》等兵《とうへい》です。そろそろこいつは鎖《くさり》でつないでおかないと、と思っていたところなんです」

# 2　ポーランドの悲劇《ひげき》

ドイツがポーランドに侵攻《しんこう》して第二次世界大戦《だいにじせかいたいせん》がはじまると、ソビエト連邦《れんぽう》（ソ連《れん》）もポーランドに侵攻《しんこう》しました。西側《にしがわ》から攻《せ》めこんだドイツ軍と、東側《ひがしがわ》から攻《せ》めこんだソ連軍《れんぐん》は、ポーランドのちょうど真ん中で止まり、そこに境界線《きょうかいせん》を引きました。

「今からこっちの半分は、わたしたちのものだ」ドイツは言いました。

「じゃあ、わたしたちはもう半分をもらう」ソ連《れん》が言いました。

あわれなポーランド！　その日から、ポーランドという国は無《な》くなってしまったのです。国土のちょうど真ん中を走る「平和境界線《へいわきょうかいせん》」――ドイツは新しい国境《こっきょう》をそう呼《よ》びました――によって分割《ぶんかつ》されてしまったのです。けれども、それはおかしな平和でした。

ポーランド、1939年9月
ソビエト連邦《れんぽう》
平《へい》和《わ》境《きょう》界《かい》線《せん》
ドイツ

ポーランドの兵士《へいし》たちはと言えば、逮捕《たいほ》され、収容所《しゅうようじょ》に入れられてしまいました。平和《へいわ》境界線《きょうかいせん》の西側《にしがわ》に住んでいる者は、ドイツの捕虜収容所《ほりょしゅうようじょ》に入れられ、ピョートルとスタニスワフのように平和《へいわ》境界線《きょうかいせん》の東側《ひがしがわ》に住んでいた者は、ソ連《れん》に拘束《こうそく》されてしまったのです。

この劇的《げきてき》な出来事は、ヨーロッパを大混乱《だいこんらん》におとしいれました。ドイツはほかの国々も侵略《しんりゃく》したので、何百万人もの人々が逃《に》げたり、故郷《こきょう》を追われたりする羽目《はめ》になりました。人々は嘘《うそ》をつき、殺《ころ》し、しまいにはみな、だれが敵《てき》でだれが友だちかわからなくなりました。けれども、ピョートルとスタニスワフは誓《ちか》い合いました。

「ぼくたちは友だちだ。だから、お互《たが》いを見捨《みす》てるようなことはしないぞ」

ところが、その約束《やくそく》にもかかわらず、ふたりは離《はな》れ離《ばな》れになってしまいました。ある日、ふたりはソ連《れん》にある別々《べつべつ》の農場で働《はたら》かされることになったのです。その後たまたま、ピョートルはスタニスワフに会ったという人と話をし、スタニスワフのほうも偶然《ぐうぜん》に、ピョートルを知っているという人から話を聞く機会《きかい》がありました。

こうして二年の間、ふたりは、少なくともお互《たが》いがまだ生きているということを知っていました。

それから、信《しん》じられないようなことが起きました。ドイツ軍《ぐん》が大挙《たいきょ》してソ連《れん》に攻《せ》め入ったのです。

「きみたちはわたしたちの友だちだろう！」ソ連《れん》はドイツを非難《ひなん》しました。

「ふんっ！　わたしたちは、友だちは持たない主義《しゅぎ》でね！」ドイツは言い返しました。

ソ連《れん》は、ピョートルやスタニスワフら、ポーランド人の捕虜《ほりょ》を解放《かいほう》しました。ソ連《れん》はこう考えたのです。『ドイツと戦《たたか》うとなると、ポーランド人の兵士《へいし》たちを味方につけておけば役に立つだろう』と。けれども、ほとんどのポーランド兵たちはそういう考えが気に入りませんでした。たしかに、彼《かれ》らはドイツと戦《たたか》いたいと思いました。ただ、ソ連《れん》の味方としてではありません。なぜなら、ソ連《れん》をこれっぽっちも信用《しんよう》していなかったからです。ポーランド人の兵士《へいし》たちは、なんとかして逃《に》げ出し、国境《こっきょう》に向かいました。

何週間も歩き続《つづ》けたすえに、ピョートルはようやくソ連《れん》とイランの国境《こっきょう》にたどり着きました。そこでまっさきに耳にした言葉は、「きみだよね？」という言葉でした。その声の主《ぬし》は、さらにこう言いました。「どうかお願《ねが》いだ、きみだと言ってくれ！」

ピョートルが振《ふ》り返ると、そこには、なんとかまだ生きているといったふうに見える、一人の男が立っていました。ぼろをまとったその男の目は、どこか見おぼえのあるような気がしました。

「きみだよね？」男はもう一度たずねました。

「だれ？　どうしてきくの？」

「きみは、ピョートル・プレンディシュだよね？」

「ああ、ぼくの名前はピョートル・プレンディシュだ」ピョートルは答えました。

「でも、どうして？　きみはだれ？」とそのとき、ピョートルは気づきました。スタニスワフです！　やせこけた顔と半年間のばしっぱなしの髭《ひげ》のせいで、スタニスワフは八十歳《さい》くらいに見えました。ピョートルは口をあんぐり開け、旧友《きゅうゆう》を抱《だ》きしめてさけびました。「もちろん、ぼくだよ！　ぼくだよ、スタニスワフ！　ほかのだれだっていうんだ？」

スタニスワフはただうなずいて、ピョートルの背中《せなか》を叩《たた》いていました。

「きみはおれのおじいちゃんみたいに見えるぞ」スタニスワフは言いました。「いや、もっと年よりみたいに」

「そう言うきみは最近《さいきん》、鏡《かがみ》をのぞいたことがあるかい？」ピョートルは言い返しました。

「うーん。最後《さいご》に鏡《かがみ》を見たのは二年前くらいかな」

ピョートルとスタニスワフはほかの何百人ものポーランド人の捕虜《ほりょ》たちといっしょにイランに逃《に》げました。それは、ソ連《れん》から逃《に》げるために安全に通過《つうか》できるただ一つの国境《こっきょう》だったからです。彼《かれ》らは、ドイツ人が占領《せんりょう》しているポーランドにはもどることができませんでした。

「さて、これからどうする？」ピョートルはたずねました。

「これから？　戦《たたか》うのさ」スタニスワフは答えました。彼《かれ》は、イギリス軍《ぐん》に加《くわ》わりたい、そしてドイツ軍《ぐん》を打ち負かし、ポーランドを解放《かいほう》することに手を貸《か》したい、と言いました。

ピョートルはしばらく考えこんでから、言いました。「ぼくもきみといっしょに戦《たたか》う。ただし、条件《じょうけん》がある」

「条件《じょうけん》？」

「ぼくたちは、いつもいっしょだということ。もう決して離《はな》れ離《ばな》れにならないということだ」

「よし、決まりだ」スタニスワフは言いました。そして、ふたりは約束《やくそく》のしるしに握手《あくしゅ》しました。

ピョートルとスタニスワフはイギリス軍《ぐん》の宿営地《しゅくえいち》に出向きました。そこには、ほかにも逃《に》げて来たポーランド兵《へい》がたくさんいました。

「どいつもこいつも、骸骨《がいこつ》みたいにガリガリにやせこけてるなあ」最初《さいしょ》の夜、食事の配給《はいきゅう》の列に並《なら》んでいるときに、スタニスワフがピョートルに小声で言いました。

「やせこけているのは今のうちだけさ」彼《かれ》らの前に並《なら》んでいた兵士《へいし》が言いました。

「どうしてだい？」スタニスワフがたずねました。

「ヤヌシュがちゃんとみんなの面倒《めんどう》を見てくれるからさ」兵士《へいし》は、皿《さら》にスープをよそっている男をあごで指し示《しめ》しながら言いました。

「ふーん。じゃあ、あいつの助手をさせてもらえないかなあ」スタニスワフは空っぽのお腹《なか》をなでながら言いました。

「残念《ざんねん》だけど、助手ならもういるよ。ロレクってやつがね。でも、なんなら、口をきいてあげてもいいよ」

同じ夜、ピョートルとスタニスワフは、食事を配っていたヤヌシュ、それに彼《かれ》の

スタニスワフ
ロレク
ピョートル
ヤヌシュ
パヴェウ

手伝いをしていたロレクと知り合いました。列に並《なら》んでいたときに声をかけてきたパヴェウという兵士《へいし》が、みんなを紹介《しょうかい》してくれたのです。でもこのとき、五人はだれも、自分たちが特別《とくべつ》な友情《ゆうじょう》で結《むす》ばれることになるとは思っていませんでした。

# 3　出会い

ポーランド兵《へい》たちは、任務《にんむ》につく前に、イギリス軍《ぐん》の宿営地《しゅくえいち》で短い軍事訓練《ぐんじくんれん》を終えました。

「五人ずつのグループになって並《なら》べ」焼《や》けつくように暑いある日の午後、百二十人を越《こ》えるポーランドの兵士たちにむかって、一人の将校《しょうこう》が命令《めいれい》しました。ピョートル、スタニスワフ、パヴェウ、ヤヌシュ、そしてロレクは急いでいっしょの列に並《なら》びました。

「そこの五人！　きみたちは、あのトラックのそばに行け」将校《しょうこう》が指示《しじ》しました。

それから次の列の兵士《へいし》たちに、「きみたちは、あそこのトラックへ」と言いました。

そんなふうに次々と指示《しじ》が出され、すべての兵士《へいし》にトラックが割《わ》り当てられました。

そして将校《しょうこう》は兵士《へいし》たちに最初の任務《にんむ》を与《あた》えました。トラック一杯《いっぱい》に積《つ》んだ大量《たいりょう》の物資《ぶっし》を、砂漠《さばく》を越《こ》えてパレスチナまで運ぶことでした。そこに、イギリス軍《ぐん》は大規模《だいきぼ》な宿営地《しゅくえいち》を設《もう》けていたのでした。

「けっして、羊の群《む》れみたいにくっついて進むんじゃないぞ」将校《しょうこう》は言いました。「十分な距離《きょり》を保《たも》つんだ。さもないと、格好《かっこう》の標的《ひょうてき》になる」

「標的《ひょうてき》？　だれの？」ピョートルがささやきました。

「何か言いたいことがあるのかね、プレンディシュ？」将校《しょうこう》が声をかけました。

「いいえ、中尉殿《ちゅういどの》」ピョートルは、あわてて首を横に振《ふ》りました。

「諸君《しょくん》、敵《てき》はどこにでもいる」中尉《ちゅうい》は話を続《つづ》けました。「だから、距離《きょり》を置《お》いて、このポンコツ車を走らせるんだ。車を停《と》めるのは、安全な場所で、そばに仲間《なかま》がいるときだけにしろ。移動中《いどうちゅう》、各《かく》グループに一人の軍曹《ぐんそう》が責任者《せきにんしゃ》として、諸君《しょくん》に付《つ》きそうことになる」

こうして、ピョートル、スタニスワフ、パヴェウ、ヤヌシュ、ロレクの五人はいっしょに出発しました。彼《かれ》らが乗るトラックには、折《お》りたたみ式ベッドやテント、油の樽《たる》、武器《ぶき》の入った箱が積《つ》みこまれていました。

トラックは険《けわ》しい山道や細い道を進みました。早朝から深夜まで、ピョートルたちが目にするのは、岩や砂《すな》や陽炎《かげろう》ばかりでした。時折《ときおり》、道のかたわらに停《と》められた軍事《ぐんじ》トラックを見つけると、彼《かれ》らも車を止めました。そして、おしゃべりしたり、仲間《なかま》が見張《みは》っている間、安心してひと眠《ねむ》りしたりしました。

けれどもある日の午後、もういいかげんうんざりしてきたスタニスワフは、どこにもほかのトラックが見当たらないのに、車を停《と》めました。

「もうだめだ。これ以上、このオーブンの中にはいられない」そう言うと、スタニスワフはトラックから飛《と》び降《お》りました。

「だけど、ここは危険《きけん》だぞ」ロレクが言いました。

「そうかい？　でも、ブリキ缶《かん》の中で蒸《む》し焼《や》きになるのだって危険《きけん》だろう」スタニスワフが言い返しました。

ヤヌシュはため息をついて、トラックの後ろ側《がわ》にまわると、彼《かれ》らの食糧《しょくりょう》の入っている箱を開けました。そして五人は車の陰《かげ》にすわって、水の瓶《びん》をまわし飲みしました。

ピョートルが昼寝《ひるね》をしようと横になりかけたそのとき、一人の少年が岩の陰《かげ》から現《あら》われて、こちらのほうに向かって来るのが目に入りました。ピョートルはスタニスワフをひじでつついて、指さしました。あの子はこんな砂漠《さばく》の真ん中で何をしているんだ？　本当にただの少年か？　もしかして、待ち伏《ぶ》せ？

少年はゆっくりと兵士《へいし》たちのほうに向かって来ました。何か重い物が入った古ぼけた麻袋《あさぶくろ》を引きずっていきます。ロレクは自分の銃《じゅう》に手をのばしました。

「待て」ピョートルはロレクを制止《せいし》すると、少年を自分たちのほうに手招《てまね》きしました。

ロレクは、「岩陰《いわかげ》に盗賊《とうぞく》の一団《いちだん》が潜《ひそ》んでいるかもしれないぞ」とささやきました。

「おいおい、臆病《おくびょう》だな」スタニスワフが言いました。「何をびくついてんだ？『アリババと四十人の盗賊《とうぞく》』の話でも思い出したのか？」

「おい、きみ、ここへおいで」ピョートルが呼《よ》びました。けれども、少年はためらっていました。

スタニスワフは、少年にむかって大きなパンの塊《かたまり》を振《ふ》って見せました。パンを見るなり、少年の表情《ひょうじょう》が変《か》わりました。袋《ふくろ》を置《お》いて、兵士《へいし》たちの方に歩みよって来ました。そして、スタニスワフの手から奪《うば》うようにパンを受け取ると、丸ごとかぶりつきました。

「見ろ！」ロレクが麻袋《あさぶくろ》を指さしながらさけびました。

「こんどは何だ？」スタニスワフが言いました。

「袋《ふくろ》が、う、うごいてる」

興味《きょうみ》をそそられたピョートルが、袋《ふくろ》をのぞきに近づいて行きました。

「よせ！」ロレクがさけびました。「罠《わな》だ」けれどもピョートルは、ロレクの警告《けいこく》を無視《むし》して近よると、袋《ふくろ》を開けてみました。みんなの息が止まりました。平然《へいぜん》とパンを噛《か》み続《つづ》けている少年をのぞいて。

ピョートルは袋《ふくろ》の中をじっと見つめていました。「よしよし」それが、ピョートルが発した言葉でした。兵士《へいし》たちはさっと立ち上がると、袋《ふくろ》の中身を見ようと駆《か》けよりました。ロレクさえもあとに続《つづ》きました。彼《かれ》らはみな驚《おどろ》いた顔で、少年のほうをふり返りました。

「これはきみのものかい？」ピョートルは身ぶり手ぶりを交えながらたずねました。

少年はうなずきました。袋《ふくろ》の中から、黒くて丸い、二つの小さな目が現《あら》われ、まぶしそうにまばたきしていました。目のまわりは、つやのない淡《あわ》い褐色《かっしょく》の毛でおおわれていました。ピョートルは思わず手をのばして、薄汚《うすよご》れた小さな生き物を抱《かか》え上げました。それは彼《かれ》の腕《うで》の中にぴったりと収《おさ》まりました。

「クマだ！」スタニスワフが小さな声を上げました。ふだんは勇敢《ゆうかん》でたくましい兵《へい》士《し》たちも、このときばかりは、おだやかでやさしい声に変《か》わり、子グマをなでたいという思いでいっぱいになりました。

「まるで、ぬいぐるみのクマみたいだ」パヴェウが言いました。

「毛むくじゃらのちっちゃな赤ん坊《ぼう》だ」とヤヌシュ。

「ぼくはポーランドで犬を飼《か》っていたんだ。この子は、ぼくの犬みたいだよ」とロレク。

「おいおい、まるでおれたちは女みたいだぞ」スタニスワフが言いました。でも、彼《かれ》らはみな、ピョートルの腕《うで》の中で眠《ねむ》そうに横になっている子グマをやさしく見つめていました。

少年が近よって来て、近くの地面に置《お》いてあるパンを指さしました。少年はひどくお腹《なか》をすかせているようでした。それに、子グマもあまり元気ではなさそうです。ピョートルは、これまで何頭もの子グマを育ててきたことがあるかのように、腕《うで》の中で子グマをあやしていました。そのとき、スタニスワフがきっぱりと言いました。

「よし、おれたちが飼《か》うことにしよう」そしてスタニスワフは、ポケットから折《お》りたたみ式の小さなナイフを取り出して少年に渡《わた》すと、交渉《こうしょう》をはじめました。

「だけど、軍曹《ぐんそう》の了解《りょうかい》を得《え》なくてもいいのか?」ロレクが言いました。
「軍曹《ぐんそう》なんかほっとけ!」スタニスワフは答えました。

少年は、スタニスワフのナイフとコーンビーフの缶詰《かんづめ》、それにいくらかのお金を受け取って去って行きました。こうして、子グマは兵士《へいし》たちのものになりました。ヤヌシュはクマの鼻先にパンを突《つ》き出してみました。けれども、子グマはほとんど動こうとしませんでした。ピョートルはやさしく子グマをゆすり、スタニスワフは口の中にパンを押《お》しこもうとしましたが、子グマは眠《ねむ》たそうでした。

そのとき、ヤヌシュが自分の額《ひたい》をぴしゃりと叩《たた》くと、トラックに走って行き、ミルクの入ったブリキの缶《かん》と、空のウォッカの瓶《びん》を持ってもどって来ました。ヤヌシュは瓶《びん》にミルクを注《そそ》いで、ピョートルに渡《わた》しました。子グマはミルクの匂《にお》いをかぎ取ると、目を開け、瓶《びん》の中のミルクをぜんぶ飲み干《ほ》しました。

兵士《へいし》たちはふたたび子グマをなでたり、あやしたりしはじめました。この先どうなるか、だれにもわかりませんでした。でも、ひとつだけ、五人が一致《いっち》して心に決めたことがありました。子グマを絶対《ぜったい》に手放さないということです。

「名前をつけなきゃ」スタニスワフが言いました。

「ノラにしよう」ヤヌシュが言いました。

「アリババ」パヴェウが自分のひざを打ちながら言いました。

「うーん」ロレクが首をひねりました。

「ポーランド風の名前でなくちゃ」スタニスワフが言いました。「おれたちの一員なんだから」

「ヴォイテクは？」ピョートルが子グマをゆすり続《つづ》けながら言いました。「〈笑《わら》う戦《せん》士《し》〉っていう意味だ」

兵士《へいし》たちはみな、いい名前だ、と賛成《さんせい》しました。スタニスワフは、ヴォイテクの頭の上に水を少しふりかけると、こう言いました。「われらはここに汝《なんじ》をヴォイテクと名づける。そして汝《なんじ》を祝福《しゅくふく》し、長く幸せな人生を送らんことを祈《いの》る」

「アーメン」ロレクが言いました。
「アーメン」ほかの兵士《へいし》たちもくり返しました。

# 4 ヴォイテク二等兵《にとうへい》

「これは一体何だ？」コヴァルスキ軍曹《ぐんそう》の声はいつにもまして厳《きび》しく聞こえました。

「えー、そのう……」最初にピョートルが口を開きました。

「つまり、見てのとおりです……」パヴェウがそのあとを続《つづ》けました。

「だから、言わんこっちゃない」ロレクが小声で言いました。

「黙《だま》ってろ、ロル」スタニスワフが言いました。

「そのう……クマであります」とヤヌシュ。

「そんなことは見ればわかる」軍曹《ぐんそう》が言いました。

「では、どうしておたずねに……」と、スタニスワフが言いかけましたが、ピョートルにひじでこづかれて、しまいまで言うことはできませんでした。

「軍曹殿《ぐんそうどの》」ピョートルはさっと〈気をつけ〉の姿勢《しせい》を取って言いました。「このクマはわたしたちの新しいマスコットであります」

「どこで見つけてきた？」軍曹《ぐんそう》はきわめて厳《きび》しい声でたずねました。

ピョートルは、袋《ふくろ》を持った少年と出会ったことから話しはじめました。そして、袋《ふくろ》の中に子グマが入っていたこと、衰弱《すいじゃく》していた子グマはこの二日間自分たちといっしょにいて、今ではかなり元気になっていること、ウォッカの瓶《びん》でミルクを飲むこと、パヴェウが飲みやすいように瓶《びん》にゴムの吸《す》い口を取りつけてやったこと、などを説明《せつめい》しました。

軍曹《ぐんそう》がしゃがみこむと、ヴォイテクはよちよち近よって来ました。軍曹《ぐんそう》は小さなマスコットをひざの上にのせ、頭をなでました。

「おい、頼《たの》むから、ポーランド第二軍団《だいにぐんだん》に少しは敬意《けいい》を表してくれ」ヴォイテクが軍服《ぐんぷく》のボタンをかじりはじめると、軍曹《ぐんそう》は言いました。

パヴェウが説明《せつめい》を続《つづ》けました。「母グマはおそらく銃《じゅう》で撃《う》たれて、少年はきっと

子グマを大道芸人《だいどうげいにん》かサーカスにでも売るつもりだったのでしょう。でも運よく、その前にわたしたちに出会ったんです」

ほかの者たちはうなずき、不安な面持《おももち》ちで軍曹《ぐんそう》を見つめていました。でも、軍曹《ぐんそう》はもう彼《かれ》らの話など聞いていませんでした。その目はじっとヴォイテクに向かって注《そそ》がれ、輝《かがや》きはじめていました。軍曹《ぐんそう》はたちまちヴォイテクが好きになってしまったのです。ちょうど、兵士《へいし》たちがはじめて子グマを見たときにそうだったように。

「パレスチナに着いたら、現地《げんち》の司令官《しれいかん》

が決めることになるだろう」軍曹《ぐんそう》はようやく口を開いて言いました。そして、「旅の無事《ぶじ》を祈《いの》る」と兵士《へいし》たちに言うと、自分のジープにもどり、走り去って行きました。

兵士《へいし》たちには、まだ長い道のりがありました。その日の夕方に、イラクとの国《こっ》境《きょう》に着く予定でした。そこから、シリアと*トランスヨルダンを通ってパレスチナまで達するには数日かかることでしょう。

スタニスワフは、ヴォイテクをマスコットとして飼《か》う許可《きょか》をイギリス軍《ぐん》の司令官《しれいかん》から得《え》るための方法《ほうほう》を次から次へ考え出しました。

「賄賂《わいろ》を使おう」スタニスワフが言いました。

「下心が見え見えだよ」ピョートルが言いました。

「なら、お金じゃなくてウイスキーをプレゼントしよう」

「やっぱり見え見えさ」

「ヴォイテクが迷惑《めいわく》がられないように、しっかりした檻《おり》を作ろう」

「そいつはちょっとかわいそうだ」ロレクが言いました。

「じゃあ、ヴォイテクに何か芸当《げいとう》を教えこもう。それを見せて、司令官《しれいかん》を喜《よろこ》ばせるんだ」

「もっとかわいそうだ」ヤヌシュが言いました。

「毎晩《まいばん》、司令官殿《しれいかんどの》のブーツをみがいて、毎日三回イギリスの国歌を歌おう。フルバージョンで」

「だめ、だめ、だめ」ほかの者たちが言いました。

トラックの窓《まど》の外には、殺風景《さっぷうけい》な景色《けしき》がどこまでも広がっていました。トラックはよろめくように進み、道の上でガタガタゆれました。ヴォイテクはずっとおとなしくピョートルのひざの上にすわっていました。兵士《へいし》たちは歌を歌ったり、ヴォイテクにミルクをあげたり、暑さが一番厳《きび》しい時間帯《じかんたい》には、水をはった洗濯《せんたく》だらいの

＊トランスヨルダン…ヨルダンの旧称《きゅうしょう》

中にヴォイテクを入れて涼《すず》ませたりしました。

ヴォイテクは日に日に元気に、力強くなっていきました。毎日水浴《みずあ》びするうちに、薄汚《うすよご》れていた毛は、つやのある淡《あわ》い金色に変《か》わりました。ハンカチをつかんで、鼻に押《お》し当ハンカチをもらって、いつもそれで遊んでいました。眠《ねむ》るときも、前足でハンカチをつかんで、鼻に押し当てていました。

ハンカチをぎゅっと抱《だ》きしめてすやすや眠《ねむ》っているクマを見たら、だれもが、今も戦争《せんそう》が続《つづ》いていて、世界のほかの場所では人々が戦《たたか》い、死んでいることなんて、きっと忘《わす》れてしまうでしょう。

「いいことを思いついたぞ」パヴェウがだしぬけに言いました。「司令官《しれいかん》のところに出頭《しゅっとう》するときには、ヴォイテクを眠《ねむ》らせておけばいいんだ」

「そうしたら、どうなる？」スタニスワフがたずねました。

「そうしたら、司令官《しれいかん》はヴォイテクが好《す》きになる。ぼくたちがはじめてヴォイテクを見たときのように」

それは名案《めいあん》だと、みんなが賛成《さんせい》しました。ぜったい、司令官《しれいかん》は気持ちがなごんで、軍曹《ぐんそう》のようにヴォイテクを好《す》きになるにちがいないと思いました。でも、思いどおりにヴォイテクを眠《ねむ》らせ、そのままにしておくにはどうしたらいいのでしょう？

「酒だ！」その日にでくわした三百八十個目《こめ》の道路《どうろ》のこぶの上にトラックが乗り上げたときに、スタニスワフが声を上げました。兵士たちの体は宙《ちゅう》に跳《は》ね上がり、ヴォイテクは一瞬《いっしゅん》、ピョートルのひざを離《はな》れました。

「酒だって？」ピョートルが言いました。

「クマに酒なんか飲ませて大丈夫《だいじょうぶ》なのか？」ロレクがたずねました。

「細かいことは気にするな、ロル」スタニスワフが答えました。「このクマにほんの数滴《すうてき》ウォッカを飲ますのと、このくそ暑い砂漠《さばく》に置《お》きざりにするのと、どっちがいいんだ？」

「そうだな、ウォッカなら少しあるぞ」積荷《つみに》の内容《ないよう》を正確《せいかく》におぼえているヤヌシュが言いました。

こうして、司令官《しれいかん》のもとに出頭《しゅっとう》する直前に、ウォッカを数滴《すうてき》、ミルクの瓶《びん》に入

## ポーランド兵《へい》のたどった道

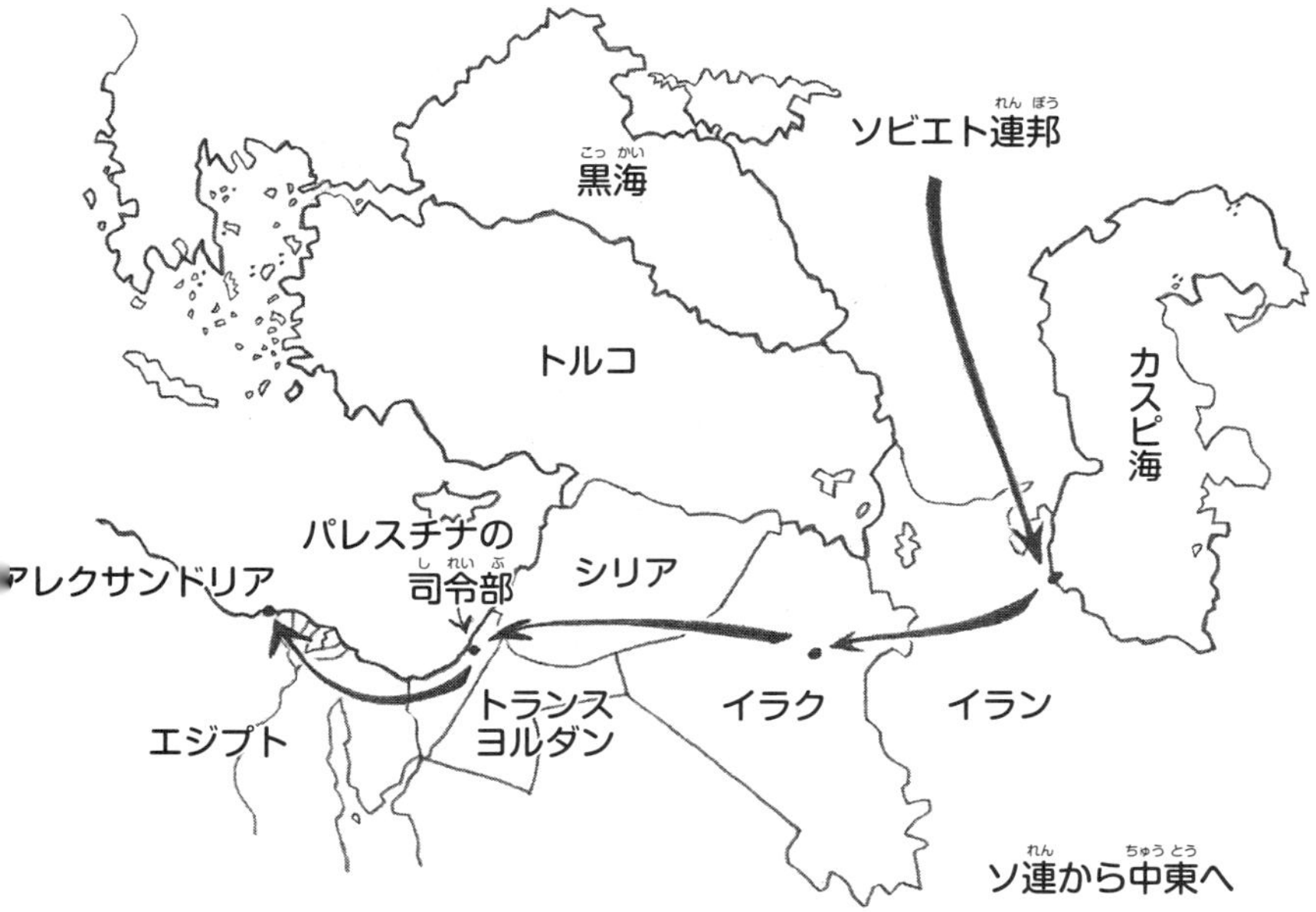


れて、ヴォイテクに飲ませることになりました。そうすれば、ヴォイテクは赤ん坊《ぼう》のようにすやすや眠《ねむ》ったままでいて、司令官《しれいかん》はクマを飼《か》ってもいいと言ってくれるでしょう。

スタニスワフは、計画がまとまったことを祝《いわ》って、トラックのクラクションを数回鳴らしました。その音にヴォイテクが目をさましました。トラックは三百八十一個目《こめ》のこぶに乗り上げ、みんなは宙《ちゅう》に飛《と》び上がりました。

その日の午後おそく、兵士《へいし》たちはパレスチナに到着《とうちゃく》しました。まもなく、ポーランドの兵士《へいし》たちはイギリス軍《ぐん》に合流することになるのです。

ピョートルとスタニスワフがまだテントも張《は》り終わっていないときに、コヴァルスキ軍曹《ぐんそう》が姿《すがた》を現《あら》わし、司令官《しれいかん》が呼《よ》んでいるのですぐに行くように、と告《つ》げました。

「もうちょっと待ってくれませんか？　そう、一時間くらい」スタニスワフが頼《たの》みました。

「これは命令《めいれい》だ」軍曹《ぐんそう》は言いました。「それから、クマもいっしょに連《つ》れて行くんだぞ」

スタニスワフはヤヌシュのところに飛《と》んで行き、今すぐミルクの瓶《びん》を用意するように言いました。一秒も無駄《むだ》にできません。ピョートルはヴォイテクを抱《だ》き上げ、トラックからハンカチを取ってきました。そして、準備《じゅんび》ができるやいなや、ヤヌシュの手から瓶《びん》を受け取りました。

ヴォイテクは瓶《びん》の中身をごくごく飲みはじめました。とてもおいしかったのです。

司令官《しれいかん》のオフィスに着くころには、瓶《びん》はすっかり空になっていました。

「さて……」ピョートルとスタニスワフが机《つくえ》の前に立つと、司令官《しれいかん》は口を開きました。「これがうわさの毛むくじゃらの少年兵《しょうねんへい》か」

ピョートルはヴォイテクをしっかり抱《だ》きかかえ、スタニスワフは、子グマの足の間にハンカチをはさみこみました。

「で、きみたちは、ここが軍隊《ぐんたい》の宿営地《しゅくえいち》であって動物園ではないことを理解《りかい》しておるのかね？」

ピョートルとスタニスワフはだまって

自分たちの足元を見つめていました。

司令官《しれいかん》は机《つくえ》の後ろから出て来て、しゃべり続《つづ》けました。「ここでは、犬を飼《か》うのはさしつかえない。だが、クマを飼《か》うことは許可《きょか》するわけにはいかない」司令官《しれいかん》はメガネのずれを直すと、ヴォイテクに顔を近づけました。

ピョートルは、腕《うで》の中に子グマを抱《かか》えているのが難《むずか》しくなっていました。彼《かれ》らが立てた計画は全然うまくいっていませんでした。ヴォイテクは、ハンカチを足で抱《かか》えてすやすや眠《ねむ》っているどころか、戦《たたか》いたい気分でした。だれかに一撃《いちげき》を食らわしたかったのです。

司令官《しれいかん》が子グマをなでようと手をのばしたそのとき、ヴォイテクはその手をつかんで、がぶりと噛《か》みつきました。

「おお！」司令官《しれいかん》は声を上げました。「なんと元気のいい子グマだ」司令官《しれいかん》は一歩退《しりぞ》きました。

ピョートルは肝《きも》をつぶし、「こんなことははじめてです」と言いました。

「ああ、そうだろうな」司令官《しれいかん》は答えました。

ヴォイテクは体をくねらせ、ピョートルの腕《うで》から抜《ぬ》け出ようとしていました。スタニスワフは、ヴォイテクがハンカチを床《ゆか》に投げ捨《す》てるたびに、腰《こし》をかがめて拾い上げていました。

ピョートルとスタニスワフは困《こま》り果《は》て、どこに目をやったらいいのかわかりませんでした。ふたりは、おろおろしている母親のように、ヴォイテクをお行儀《ぎょうぎ》よくさせようと苦労《くろう》していました。仲間《なかま》の兵士《へいし》たちがいっしょでなくて、こんなところを見られないですんだのがせめてもの慰《なぐさ》めでした。

ところがそのとき、まったく思いもしなかったことが起こりました。司令官《しれいかん》の表情《ひょうじょう》が和《やわ》らいだのです。厳《きび》しいしかめ面《つら》は消え、目には優《やさ》しさがあふれていました。

「なんという気性《きしょう》だ！　生きようとする強い意志《いし》を持っておる」司令官《しれいかん》は言いました。

ヴォイテクをながめるまなざしは、まるで恋《こい》しているかのようでした。

「このクマを新兵《しんぺい》として正式にポーランド軍《ぐん》に登録《とうろく》するように」司令官《しれいかん》はそばにいた伍長《ごちょう》に指示《しじ》しました。それから、司令官《しれいかん》はピョートルとスタニスワフの方に向きなおって言いました。「われわれがみな、このクマのように勇《いさ》ましかったなら、すぐにでも戦争《せんそう》に勝つだろうに。名前はあるのかね？」

「ヴォイテクです」ピョートルが小さな声で答えました。

「ヴォイテク二等兵《にとうへい》、そのように兵士《へいし》の名簿《めいぼ》に加《くわ》えたまえ」司令官《しれいかん》は伍長《ごちょう》に言いました。「きみたち、何を待っておる？　行ってよし！」

ピョートルとスタニスワフは精《せい》いっぱいりっぱな敬礼《けいれい》をしました。ふたりは仲間《なかま》のところにもどって、一刻《いっこく》も早くこのよい知らせを伝えようと、大急ぎでオフィスを出ました。

仲間《なかま》のもとに帰り着くころには、ヴォイテクはおとなしくピョートルの腕《うで》の中で、グーグーいびきをかいていました。

「で、どうだった？」ヤヌシュがたずねました。

「楽勝さ」スタニスワフが答えました。

「思ったとおりだ」ヤヌシュが言いました。

「さて、こんどはおれが一杯《いっぱい》やりたいんだが」スタニスワフが言いました。

「うーん……それが……」ヤヌシュが口ごもりました。

「どうした、その返事は？　まさかウォッカをぜんぶ使ったんじゃないだろうな？」

「うん、実は……ぜんぶヴォイテクの瓶《びん》に入れちゃったんだ。うまくいくように、念《ねん》には念《ねん》を入れて」

# 5　友だちと敵《てき》

パレスチナの宿営地《しゅくえいち》にいる間、ヴォイテクはピョートルのテントで眠《ねむ》ることになりました。あの日、砂漠《さばく》で袋《ふくろ》の中からヴォイテクを取り上げ、その腕《うで》に抱《だ》いてあやしたのはピョートルでした。ヴォイテクにミルクを飲ませ、守ってきたのもピョートルでした。ヴォイテクが一番よく乗るのも、彼《かれ》のひざの上でした。ヴォイテクにとってピョートルは、友だち以上《いじょう》の存在《そんざい》でした。新しいお母さんだったのです。

パヴェウが金だらいを見つけてきて、その中に毛布《もうふ》を敷《し》きました。ヴォイテクのベッドにするためです。大きさも子グマの体にぴったりでした。

その夜、ピョートルは、テントの中でランプを吹《ふ》き消しました。しばらくすると、ヴォイテクがたらいの中からはい出てくる音が聞こえてきました。クマはベッドま

ではって行き、毛布《もうふ》の中に鼻《はな》を突《つ》っこみました。ベッドによじ登り、ピョートルのそばにもぐりこみました。暖《あたた》かい小さなほら穴《あな》の中で体を丸めたヴォイテクは、ようやく本当に安心しました。そしてピョートルの手を見つけて、くわえると、その指をしゃぶりながら眠《ねむ》りに落ちました。

それから数週間、ヴォイテクは毎晩《まいばん》、ピョートルのベッドにもぐりこんできました。ヴォイテクが成長して、たらいに入りきらなくなると、ピョートルは木の箱のベッドを作ってやりました。けれども、ヴォイテクはその中ではあまり寝《ね》ようとはしませんでした。ピョートルのとなりで丸くなって寝《ね》るのが一番好きだったのです。イランの山の中で生まれたばかりのころ、母親によりそって寝《ね》ていたように。

宿営地《しゅくえいち》にやって来てまもないころは、ヴォイテクはピョートルのそばを離《はな》れようとしませんでした。でも、もう少し成長《せいちょう》すると、ちょっとだけ探検《たんけん》に出かけるようになりました。はじめて目にするものがたくさんありました。ヴォイテクは、何か面白《おもしろ》い物がないか、テントを一つ一つ見てまわりました。そうしてある日、偶然《ぐうぜん》に調理場を見つけました。

料理人《りょうりにん》はヴォイテクを見たとき、ぎくりとしました。最初《さいしょ》は犬かと思いました。けれども、よく見れば、調理場の真ん中に立っているのは、小さなクマでした。兵《へい》士《し》たちがうわさしていた子グマにちがいありません。

ヴォイテクは食器戸棚《しょっきとだな》に鼻を押《お》しつけて、くんくん匂《にお》いをかぎました。子グマは今ではウォッカの瓶《びん》でミルクを飲むのに飽《あ》きてきていました。ミルクとはちがう、何か別《べつ》のものがほしかったのです。ヴォイテクの鼻は、ここにはまだ知らないおいしいものがどっさりある、と教えていました。

「なるほど」料理人《りょうりにん》はつぶやきました。「どうやら、おれに新しい敵《てき》が現《あら》われたらしい」彼《かれ》は腰《こし》に手を当てて、ヴォイテクをにらみつけました。

けれどもヴォイテクは、料理人《りょうりにん》のことなど気にもかけずに、食器棚《しょっきだな》の扉《とびら》を開けようと奮闘《ふんとう》していました。

「やめるんだ！」料理人《りょうりにん》はどなりました。

ヴォイテクは、びくっとしてふり返り、尻《しり》もちをつくと、料理人《りょうりにん》のほうを見ました。料理人《りょうりにん》の目に映《うつ》ったのは、黒くて小さな丸い目に、ふわふわの毛、そして、この何か月かで見た中でいちばん人なつこい顔でした。

「わかった、わかった」料理人《りょうりにん》は言いました。そして、果物《くだもの》がしまってある戸棚《とだな》に近づくと、バナナを一本取って、ヴォイテクにやりました。

「おれはどうかしちまったらしい」料理人《りょうりにん》はつぶやきました。「これで、こいつにずっとつきまとわれることになるぞ」

ところが、大きな宿営地《しゅくえいち》の住人の中で、ヴォイテクと友だちになりたがらない者が一名だけいました。それはカシカでした。

はじめてヴォイテクを見たとき、カシカは石を拾い上げて、クマの頭に投げつけました。命中！　カシカは別《べつ》の石を拾いました。また命中！

ヴォイテクは、何が起きたのかわからず、一目散《いちもくさん》にピョートルのもとへ駆《か》けもどりました。そしてピョートルの脚《あし》によじ登り、手をつかんで、指を吸《す》いはじめました。

ピョートルはあたりを見まわし、ヴォイテクは一体なぜこんなにおびえているんだろうと首をかしげました。でも、何も見つけられませんでした。

ピョートルがクマを地面に下ろそうとしたちょうどそのとき、シャワー室の屋根の上に動くものが見えました。カシカでした。手に石を持っていました。

カシカは雌《めす》ザルでした。サルは兵士《へいし》たちが訪《おとず》れた動物園からやって来ました。動物園の園長が贈《おく》り物としてくれたのです。「あなたがたの道中が少しばかり活気づくように」と言って。たしかに、その言葉どおりになりました。

カシカはしじゅうみんなをいら立たせるようなことを考えつきました。兵士《へいし》たちのテントに忍《しの》びこんではチョコレートをくすねました。クッキーやひげそり道具、上着やベレー帽《ぼう》も盗《ぬす》みました。カシカはおもちゃになるようなものを見つけるまで、テントの中をめちゃくちゃにひっかきまわしました。

それだけではありません。料理人を困《こま》らせたり、物を投げつけたりしました。真夜中に金切声《かなきりごえ》を張《は》り上げて宿営地《しゅくえいち》のみんなの目をさまさせたり、兵士《へいし》たちのベッドにもぐりこんで、そこらじゅうに泥《どろ》だらけの足跡《あしあと》をつけたりもしました。ときには兵士《へいし》たちは、カシカを木にしばりつけました。でも、そのたびにカシカはどうにかして脱出《だっしゅつ》しました。

カシカはヴォイテクを何度も攻撃《こうげき》の的《まと》にしました。まもなく、雌《めす》ザルはヴォイテクの天敵《てんてき》になりました。カシカは、宿営地《しゅくえいち》の中をうろうろしているヴォイテクを見つけるといつも、石か、木の実か、一つかみの砂《すな》を拾い上げて、ヴォイテクの頭めがけて投げつけました。そばに慰《なぐさ》めてくれるピョートルがいないとき、ヴォイテクは前足で目をおおって、サルがいないふりをするのでした。

カシカのお気に入りの居場所《いばしょ》は、スターリンという犬の背中《せなか》の上でした。スターリンは、あるイギリス人将校《しょうこう》が飼《か》っていた犬でしたが、飼《か》い主は犬を宿営地《しゅくえいち》に残《のこ》して、すでに戦地《せんち》に赴《おもむ》いていました。性格《せいかく》のおだやかな大きな年より犬で、飼《か》い主がいなくなってからは、一日の大半をカシカといっしょにすごしていました。二匹《にひき》は連《つ》れだって宿営地《しゅくえいち》の中をぶらぶら歩きまわりました。そしてときどき、カシカはスターリンの背中《せなか》から飛《と》び降《お》りると、テントにもぐりこみ、ほしい物を手当たりしだいに奪《うば》い、大急ぎで逃走用《とうそうよう》の犬のところにもどるのでした。

もし兵士《へいし》たちが拳《こぶし》を振《ふ》りまわし、さけびながら追いかけてくれば、小さなかかとでスターリンのわき腹《ばら》をこづき、猛《もう》ダッシュで逃《に》げ去りました。

ヴォイテクを襲撃《しゅうげき》から守るために、カシカは宿営地《しゅくえいち》の反対側《はんたいがわ》に連《つ》れて行かれました。でも、サルはスターリンの背中《せなか》に乗ってもどってくるので、何の意味もありませんでした。そろそろ、ヴォイテクは遊び友だちを見つけるべき時期でした。仲間《なかま》になっていっしょに戦《たたか》う友だちを。

「うってつけの候補《こうほ》がいるよ」ある晩《ばん》、ヴォイテクがまたもやカシカの襲撃《しゅうげき》を受けたあとで、パヴェウが言いました。「ここで待ってて」

# 5　友だちと敵

十分後、パヴェウは一匹《ぴき》の犬を連《つ》れてもどって来ました。白地に黒い斑点模様《はんてんもよう》があるダルメシアン犬です。ヴォイテクよりも少しだけ大きな犬でした。

ダルメシアンはヴォイテクを見ると、近づいて来て、物珍《ものめず》らしげに匂《にお》いをかぎました。ヴォイテクはピョートルの脚《あし》の後ろに隠《かく》れました。それでも、ダルメシアンはおかまいなしでした。

「さあ」ピョートルはヴォイテクを犬のほうに押《お》しやりました。二匹《ひき》の鼻がふれ合ったとたん、犬はわんわん吠《ほ》えはじめました。ヴォイテクはびっくりして、ピョートルの脚《あし》の後ろに駆《か》けもどりました。

「臆病者《おくびょうもの》め！」スタニスワフはヴォイテクを抱《かか》え上げ、犬の前に置《お》きました。そして、「おまえは、少しその口を閉《と》じているんだ」とダルメシアンにむかって言いました。犬は、地面に伏《ふ》せて、激《はげ》しくしっぽを振《ふ》りはじめました。

ヴォイテクは目を丸くしてゆれ動くしっぽを見つめました。ヴォイテクは、そのしっぽをつかんで口に入れたくてたまりませんでした。クマはタイミングを見計《みはか》らって、飛《と》びかかりました。けれども、ダルメシアンのほうがすばしこくて、クマの手にはかかりませんでした。でも、それがますますヴォイテクを面白《おもしろ》がらせました。それ以来《いらい》、〈しっぽつかみ〉は二頭のお気に入りの遊びになりました。

「ほらな。やっぱり、遊びをおぼえるべきころだったんだ」スタニスワフが言いました。

「だけど、ヴォイテクが大きくなりすぎて、犬を足で押《お》しつぶしたらどうする?」

ロレクが言いました。

スタニスワフは頭を振《ふ》りながら答えま

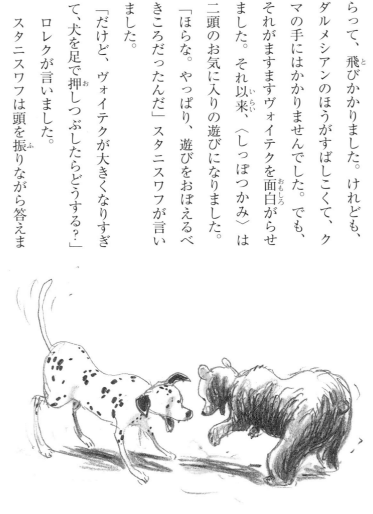

した。「心配するな、ロリー。そのときまでには何か新しい手を考えるさ」

# 6 逃《に》げ出したヴォイテク

ダルメシアンには名前がありませんでした。以前《いぜん》はちゃんと名前があったはずですが、新しい飼《か》い主になったイギリス人の将校《しょうこう》は、犬の名前をわざわざだれかにたずねて確《たし》かめようとはしませんでした。だからみんな、ふだんは、ただ「ダルメシアン」と呼《よ》ぶか、斑点模様《はんてんもよう》から「ポチポチ」と呼《よ》んでいました。

二頭が出会って以来《いらい》、ダルメシアンとヴォイテクは、いつもいっしょにいる友だちになりました。それは好都合《こうつごう》でもありました。兵士《へいし》たちがヴォイテクをかまってやる時間はますます少なくなっていたからです。

ピョートルと仲間たちは輸送中隊《ゆそうちゅうたい》に配属《はいぞく》されていました。食糧《しょくりょう》や水を補給《ほきゅう》し、テントやガソリンや折《お》りたたみ式ベッドを運ぶのが任務《にんむ》でした。後に、もっと戦地《せんち》に近づくと、武器《ぶき》や弾薬《だんやく》をトラックで運びました。

ヴォイテクとダルメシアンは一日中遊んですごしました。テントの間を走ったり、追いかけっこをしたりして駆《か》けまわっていました。砂《すな》ぼこりが舞《ま》い上がっているのを見れば、クマと犬がいつもの遊びをしているんだな、というのがわかりました。

ヴォイテクはどんどん体が大きくなりました。ある日、スタニスワフはロレクに言いました。「見ろよ。ヴォイテクのやつ、体は以前の二倍になったけど、ま

だ犬のしっぽをつかまえられないじゃないか」

「つかまえられなくて幸《さいわ》いさ。いくら人に慣《な》れてたって、クマは猛獣《もうじゅう》なんだからな」ロレクは頭を振《ふ》りながら言いました。


ある朝、ピョートルと仲間《なかま》たちが食堂用《しょくどうよう》のテントで朝食をとっていると、犬の吠《ほ》え声が聞こえてきました。つづいて、料理人《りょうりにん》の大きな声が聞こえました。料理人《りょうりにん》は、ダルメシアンにむかって声を張《は》り上げ、「あっちへ行け」とさけんでいました。けれども、犬は簡単《かんたん》に追い払《はら》われるつもりはないようでした。犬がいつまでも吠《ほ》え続《つづ》けていると、スタニスワフがつぶやきました。「おい、ヴォイテクはどこだ?」

「調理場だと思うよ」ピョートルが答えました。

ダルメシアンは吠《ほ》えるのをやめようとはしませんでした。まるでサイレンのようでした。みんなは食べるのをやめました。スタニスワフが言いました。「なあ、ポチポチのやつ、もしかしておれたちに何かを伝《つた》えようとしてるんじゃないのか」

スタニスワフは立ち上がると、ダルメシアンのほうに歩いて行きました。犬はテントから飛《と》び出して走りだしました。ピョートルも立ち上がって、ふたりで犬のあとを追いかけて宿営地《しゅくえいち》の出入り口までやって来ました。

ピョートルは見張《みは》りの兵士《へいし》に、「ひょっとしてクマがここを通り抜《ぬ》けなかったかい？」とたずねました。すると見張《みは》り番は、「ふつうこの時間は、外から宿営地《しゅくえいち》にやって来る者には気をつけてるけど、出て行く者には注意していないんでね」と答えました。

ピョートルは目の上に手をかざして、砂漠《さばく》に目を凝《こ》らしました。

「もし本当にヴォイテクが砂漠《さばく》のほうに向かったなら、困《こま》ったことになっているはずだ」スタニスワフは言いました。

「だけど、何だって砂漠《さばく》に出たりするんだ？」ピョートルがたずねました。

「さあね。たぶん軍隊《ぐんたい》にいるのがいやになって、故郷《こきょう》に帰りたいのかもな」スタニスワフが答えました。

ふたりは引き返して、シャワー室に向かいました。もしかしたら、ヴォイテクは水がほしくて、そこに行ったのかもしれません。それとも、イギリス兵《へい》たちのところで、ジャム・サンドイッチをおねだりしているのかもしれません。

ふたりの行く先々に、ダルメシアンはついて来て、あいかわらず吠《ほ》え続《つづ》けていました。スタニスワフとピョートルは、人に出会うたびに、ヴォイテクを見なかったか、たずねました。でも、その日の朝は、だれもクマを見ていませんでした。イギリス兵《へい》も同じでした。

「もう一度ゲートにもどってみよう。もしかしたら、何か手がかりが見つかるかもしれないから」と、ピョートルが言いました。

ダルメシアンはその決定に賛成《さんせい》のようでした。犬は先頭に立って走り出しました。そして、宿営地《しゅくえいち》の出入り口までやって来ると、吠《ほ》え続《つづ》けたまま、ぐるぐる輪を描《か》いて走りながら、自分のしっぽを追いかけました。

「ポチポチ、少し静《しず》かにしてろ。頭が痛《いた》くなってくる」スタニスワフが言いました。

「ほら、あそこ」ピョートルが遠くを指さして言いました。スタニスワフもそれを見つけました。砂漠《さばく》の果《は》てに、小さな点がありました。動いていました。

走り出したピョートルを、スタニスワフが呼《よ》びもどしました。

「ここからあそこまで三十分はかかる。どうやって、あいつに追いつけるっていうんだ。暑さにやられて倒《たお》れちまうぞ！」

「だけど、早くしないと視界《しかい》から消えてしまう！」

スタニスワフは一瞬《いっしゅん》考えをめぐらせると、言いました。「ここで待ってろ。すぐにもどるから」

二分後、スタニスワフは給水《きゅうすい》トラックを運転してもどって来ました。ピョートルはすぐに乗りこみました。

「何をしてる。来いよ、ポチポチ」スタニスワフがダルメシアンに声をかけました。車のドアを開けてやると、犬は飛《と》び乗ってきて、となりの席《せき》にすわりました。スタニスワフはアクセルを踏《ふ》みました。

「どうして、ジープじゃなくて、こんな足の遅《おそ》いおんぼろ給水車《きゅうすいしゃ》なんかを持って来たんだ？」ピョートルがたずねました。

「考えがあるんだ。まあ、見てろって」スタニスワフが答えました。

重たいトラックは砂《すな》の上をのろのろと、苦労《くろう》しながら進んで行きました。ダルメシアンは車が起伏《きふく》に乗り上げるたびに、はずんでいましたが、しっぽを振《ふ》り続《つづ》けていました。まるで、しっぽを振《ふ》り続《つづ》けていないと命にかかわるとでもいうように。

「おい、ポチポチ、そのワイパーを動かすのをやめろ。ここじゃ、雨なんかもう百年も降《ふ》っていないぞ」スタニスワフは犬のしっぽをつかみながら言いました。「それから、ピョートル。きみは、この先も百年は雨が降《ふ》らないんじゃないかっていう顔をしているぞ。心配するな。ヴォイテクにはかならず追いつけるから」

ピョートルははるか彼方《かなた》の小さな点を見つめていました。ヴォイテクのほうがトラックよりもずっと速く進んでいるように思えました。

「元気を出せ。クマはちょっと朝の散歩《さんぽ》に出かけただけさ」スタニスワフはピョートルの気持ちを落ち着かせようとして言いました。

「これが散歩《さんぽ》だって？」

「いいか」スタニスワフが言いました。「おれたちは今、戦争《せんそう》の真っただ中にいて、世界の半分は戦火《せんか》に包《つつ》まれているんだぞ。ポーランドのきみの家がまだ残《のこ》っているか、きみの両親がまだ生きているかもわからない。それなのにきみは、ろくでなしのクマがちょっと探検《たんけん》に出かけたからといって、今にも泣《な》きだしそうな顔をしている。心配するのは、事態《じたい》が本当に深刻《しんこく》になって、ぼくたちの耳元を弾丸《だんがん》がかすめるようになるまで、取っておけ」

スタニスワフが運転するトラックは、砂《すな》の上をエンジンをうならせながら、遠くの小さな点にむかって進んで行きました。点がぼんやりとしたかたまりに変《か》わり、そのかたまりが、クマの姿《すがた》に、目の前の砂《さ》漠《ばく》を進んでいく淡《あわ》い黄金《こがね》色《いろ》のクマの姿《すがた》に変《か》わるまでには、ずいぶん時間がすぎたように思えました。

犬はふたたび吠《ほ》えはじめました。ピョートルは窓《まど》から顔を突《つ》き出してヴォイテクを呼《よ》びました。ヴォイテクは一《いっ》瞬《しゅん》立ちどまって、後ろを振《ふ》り返りました。でも、ふたたび、とぼとぼ前へ歩き出しました。

ピョートルは、歩みのおそいトラックの中でじっとしていることができませんでした。ドアを開けると、砂《さ》漠《ばく》に飛《と》び降《お》りました。ダルメシアンもあとに続《つづ》き、彼《かれ》らはヴォイ

テクのほうに走って行きました。それでも、クマは一心不乱《いっしんふらん》に歩き続《つづ》けていました。「ヴォイテク、これからは首輪《くびわ》をつけるからな」ピョートルはヴォイテクにむかってさけびました。

でも、首輪《くびわ》など実際《じっさい》には役に立たないことはわかっていました。そのころにはヴォイテクはかなり大きくなっていたので、クマが行きたくないところに引っ張《ぱ》って行くことなどだれにもできなかったからです。スタニスワフはヴォイテクの前にまわりこんで、トラックを止め、外に出ました。

「おい、ヴォイテク」スタニスワフが呼《よ》びかけました。けれども、ヴォイテクはくるりと向きを変《か》えて、別《べつ》の方向に歩き出しました。

「見たか?」ピョートルが言いました。「これじゃ、あいつを止められないぞ」

「そうかな?」と言うと、スタニスワフはトラックの後方にまわって、蛇口《じゃぐち》を開いて水をいきおいよく流しました。

ヴォイテクはとつぜん立ち止まりました。振《ふ》り返って後ろ足で立ち、鼻を宙《ちゅう》に向けたかと思うと、トラックめがけて走り出しました。そして、うなり声を上げながら水の流れに飛《と》びこむと、頭から水を浴《あ》びました。クマはしばらくその場にすわりこんでいました。ダルメシアンはワンワン吠《ほ》え立てながら、ヴォイテクのまわりを跳《は》ねまわっていました。

「スタン、きみはヒーローだ」ピョートルが言いました。それから、ヴォイテクにむかって言いました。「おまえはなんてバカなクマなんだ。水がほしくて砂漠《さばく》に出かけるやつがあるか」

「ちょっと言わせてもらえれば」スタニスワフが口をはさみました。「きみが感謝《かんしゃ》すべきなのはおれじゃない。この斑点模様《はんてんもよう》の犬だ。それに、クマはバカじゃない。ヴォイテクはちょっと裏庭《うらにわ》を散歩《さんぽ》しに出かけただけだよ。そして、喉《のど》が渇《かわ》いてきたところに、水が向こうからやって来てくれたということさ。だろ?」

ピョートルはダルメシアンの頭をなでてやりました。それから、体中から水を滴《したた》らせたヴォイテクと、ダルメシアン、それにピョートルとスタニスワフは、トラックに乗りこみました。運転席《うんてんせき》に大きな水たまりができても、だれも気にしませんでした。その日もうんと暑くなりそうでした。だから、水たまりもせいぜい数分で乾《かわ》いてしまうことでしょう。

# 7　お手柄《てがら》

「いまいましいクマめ！」シャワー室からどなり声がしました。「どうしてあいつを鎖《くさり》でつながないんだ？」スタニスワフは木の壁《かべ》を足で蹴《け》りました。

「またやったのか？」シャワーの順番《じゅんばん》を待っていたパヴェウが言いました。

「ああ。石鹸《せっけん》はしまっとけ。シャワーはまたおあずけだ。今度という今度は、ピョートルに、ヴォイテクをちゃんとしつけるように言うぞ」

スタニスワフはピョートルのテントに向かい、ヴォイテクがシャワーの水をぜんぶ使い切ってしまったことを伝《つた》えました。

「どうしてぼくに言うんだい？」ベッドから出たばかりのピョートルがたずねました。

「きみがあの毛むくじゃらのいたずら坊主《ぼうず》の飼《か》い主《ぬし》だからさ」スタニスワフが腹立《はらだ》

たしげに言いました。

「ぼくじゃなくて、ぼくたちだ」ピョートルが訂正《ていせい》しました。

「ああ、そうかい？　袋《ふくろ》の中からあいつを引っ張《ぱ》り出したのはだれだ？」

「ぼくだ。だけど、『おれたちが飼《か》おう』と言ったのはきみだ」

「ああ、でも、そうしなかったら、あいつは今ごろ死んでただろう」

「つまり、きみも飼《か》い主だってことだ」ピョートルがはっきりと言いました。

「だけど、あいつが寝《ね》るのはきみのベッドだ」

「オーケー、スタニスワフ。言いたいことがあったら、はっきり言ったらどうだ」

「おれが言いたいのは、あの人騒《ひとさわ》がせなクマ公《こう》が今朝もまた例《れい》の悪さをしたってことさ。あいつがシャワーをたっぷり楽しんだおかげで、もう一滴《いってき》の水も残《のこ》ってないってね。きみが、『さて、ひとっ風呂《ぷろ》浴《あ》びに行くか』なんて考える前に知らせてやろうと思ったんだ」

「それはどうもご親切に」ピョートルが言い返しました。

「どういたしまして」スタニスワフは言いました。「だけど、どうか約束《やくそく》してくれ。今度という今度は、丈夫《じょうぶ》な鎖《くさり》を見つけてきて、あのクマをつなぐって！」

砂漠《さばく》での冒険《ぼうけん》ののち、ヴォイテクはもっと確実《かくじつ》に水が得《え》られる場所を必死《ひっし》で探《さが》したのでした。給水《きゅうすい》トラックの蛇口《じゃぐち》をひねるのは簡単《かんたん》ではありません。でも、シャワーなら、話は別《べつ》です。ひもを引っ張《ぱ》りさえすれば、冷《つめ》たくて気持ちのいい水が降《ふ》り注《そそ》ぐのですから。ヴォイテクは一日で水の出る仕組みを理解《りかい》しました。そして、ゆっくりと時間をかけて水浴《みずあ》びを楽しんだのは、これで三回目でした。

「ほら、やっこさんだ」ヤヌシュが言いました。ヴォイテクは落ちつき払《はら》ったようすで、角を曲ってのしのし歩いて来ました。たっぷりシャワーを浴《あ》びたおかげで、クマの毛はまだぬれていました。まるで洗《あら》いたてのように、ぴかぴかでした。ピョートルたちを見つけると、駆《か》けよって来て、彼《かれ》らのお腹《なか》に頭をぶつけてふざけました。

「これからはシャワー室に鍵《かぎ》をかけることにしよう」ピョートルが言いました。

それからまもなくして輸送中隊《ゆそうちゅうたい》の兵士《へいし》たちは、トラックでイラクに向かうように、という命令《めいれい》を受けました。イラクは産油国《さんゆこく》です。そして彼《かれ》らの軍隊《ぐんたい》はドイツ軍《ぐん》と戦《たたか》うためにたくさんの石油を必要《ひつよう》としていました。石油がなければ、飛行機《ひこうき》もトラックも船も役には立たないからです。

ピョートルと仲間《なかま》たちは、何百樽《なんびゃくたる》もの石油を持ち帰る任務《にんむ》を与《あた》えられました。旅支度《たびじたく》が整うと、ピョートルたちは出発しました。

ヴォイテクは、スタニスワフとピョートルの間にすわってくつろいでいました。トラックが通りすぎた途中《とちゅう》の村々では、人々が目を丸くしました。ヴォイテクはもうふわふわした毛に包《つつ》まれた小さな子グマではありませんでした。今では、兵士《へいし》たちと変《か》わらないくらい大きくなっていましたし、足にはカミソリのように鋭《するど》い怖《おそ》ろしげな爪《つめ》がはえていました。

「こいつは子羊みたいにおとなしいんだ」しばらく滞在《たいざい》することになったイラクの宿営地《しゅくえいち》で、スタニスワフはイギリス人の兵士《へいし》たちに言いました。「ただし、食べ物の入った戸棚《とだな》とシャワーには近《ちか》よらせないほうがいいけどね」

イギリス人の兵士《へいし》たちは、ヴォイテクにすっかり心を奪《うば》われました。そして彼《かれ》らは、パレスチナの宿営地《しゅくえいち》の兵士《へいし》たちに輪《わ》をかけてヴォイテクを甘《あま》やかしました。ヴォイテクがほしがると、いくらでもリンゴや蜂蜜《はちみつ》を与《あた》えました。そのうえ、ビールまで飲ませました。ヴォイテクはビールがたいそう気に入りました。

「甘《あま》やかしすぎないほうがいいぞ」ロレクが警告《けいこく》しました。「大変《たいへん》なことになるから」

「大変《たいへん》なことって？　どうなるんだ？」イギリス人の兵士《へいし》たちはたずねました。

「おまえさんたちを、丸ごとぺろりと食べちまうんだ」スタニスワフがにやりと笑《わら》って言いました。

ある朝、輸送中隊《ゆそうちゅうたい》の男たちは、宿営地《しゅくえいち》の倉庫《そうこ》で石油の樽《たる》を並《なら》べたり、積《つ》んだりしていました。忙《いそが》しくして、だれも相手にしてくれないので、ヴォイテクは退屈《たいくつ》しきっていました。

ひどく暑い日だったので、ヴォイテクはシャワーを浴《あ》びたくてしかたありませんでした。はじめて訪《おとず》れたこの宿営地《しゅくえいち》は暑さが厳《きび》しいだけでなく、風が大量《たいりょう》の砂《すな》を巻《ま》き上げるせいで、毛の間に砂《すな》が入りこむのです。

ヴォイテクはシャワー室めざして歩き出しました。だれかがシャワー室の扉《とびら》を開けたままにしてくれているのを期待《きたい》しながら。目的地《もくてきち》に着いてみると、なんと、扉《とびら》には鍵《かぎ》がかかっていません！　クマはふらふら進んで、鼻で扉《とびら》を押《お》し開けました。

すると、ブースの中に男がいました。奇妙《きみょう》なことに、男は服を着たままでした。ヴォイテクを見た男は、恐怖《きょうふ》のあまり、さけび声を上げました。そして地面に倒《たお》れこむと、クマに向かって両手を合わせて、命乞《いのちご》いをはじめました。

「こんどは何をやらかしたんだ?」ピョートルはうんざりしたようすで、彼《かれ》を探《さが》し

# 7　お手柄

に来た二人のイギリス人兵士《じんへいし》にたずねました。だれかが顔をしかめて彼《かれ》のところにやってくるときはいつも、ヴォイテクに関係《かんけい》があったからです。

「いっしょに司令官《しれいかん》のところに来てほしい」彼らは言いました。

「あのクマは、こんどは何をしでかしたんだ？」スタニスワフがたずねました。

「さあな」兵士《へいし》たちの一人が答えました。

ピョートルは、司令官《しれいかん》が待っているオフィスに急ぎました。

「きみたちのクマをすぐに連《つ》れてきたまえ」司令官《しれいかん》はピョートルに言いました。しばらくして、綱《つな》をつけたヴォイテクを連《つ》れてオフィスにもどりながら、ピョートルは、これでヴォイテクもおしまいだ、と思いました。

「ぼくのせいだ」ピョートルはヴォイテクにささやきました。「おまえを鎖《くさり》でつないでおくべきだった」ピョートルは、一年前赤ん坊《ぼう》のクマを袋《ふくろ》から引っ張《ぱ》り出したときのことを考えました。あのときから彼《かれ》は、まるで自分の弟のようにヴォイテクの世話をしてきたのです。ピョートルは、自分のそばを無邪気《むじゃき》にのそのそ歩くヴォイテクをなでてやりました。「いいか、万一《まんいち》おまえを残《のこ》していかなければならなくなったら、ぼくもいっしょに残《のこ》るからな」

ピョートルは司令官《しれいかん》のオフィスに出頭《しゅっとう》しました。ひざが、がたがた震《ふる》えていました。

「クマを連《つ》れて入りたまえ」司令官《しれいかん》が言いました。ピョートルは、パレスチナの宿《しゅく》営地《えいち》で別《べつ》の司令官《しれいかん》とはじめて会話を交わしたときのことを思い起こしました。あのときも緊張《きんちょう》していましたが、今回は本当に、掛《か》け値《ね》なしに緊張《きんちょう》していました。

「そう心配そうな顔をするな」司令官《しれいかん》が言いました。

「二度とこんなことは起こりません。これからはクマを鎖《くさり》でつないでおきます」

ピョートルが言いました。

「二度と起こらん？　そうあってほしいが！」司令官《しれいかん》は答えました。

「名誉《めいよ》にかけてお約束《やくそく》します」ピョートルはきっぱりとした口調で言いました。

「プレンディシュ二等兵《にとうへい》、正直なところ、わたしにはきみが何の話をしているのかわからん。わたしはただ、きみのクマをしばらく借《か》りたいだけなんだが」

ピョートルは口をあんぐり開けました。「借《か》りる？　何のために？」

司令官《しれいかん》は、ヴォイテクがシャワー室で不審《ふしん》な人物を見つけたことを伝えました。

「スパイですか？」

「さあな。口を割《わ》ろうとしないんでな。そこで、きみのクマを使わせてもらいたんだ。泥《どろ》を吐《は》かせることができるかもしれんから。五分とかからんだろう」

ピョートルはヴォイテクの綱《つな》を司令官《しれいかん》に渡《わた》しました。司令官《しれいかん》は少し緊張《きんちょう》したようすで言いました。「プレンディシュ、そのう……きみもついて来てくれれば、ありがたいんだが」

ピョートルは司令官《しれいかん》のあとについて、オフィスの裏側《うらがわ》にある建物《たてもの》に向かいました。ヴォイテクは彼《かれ》らの後をのそりのそりついて行きました。司令官《しれいかん》はピョートルたちを薄汚《うすよご》れた小さな部屋に案内《あんない》し、すわるように言いました。部屋には、天井《てんじょう》から電球が一つ吊《つ》り下がっていて、机《つくえ》が一つと椅子《いす》が二つあるだけでした。ドアが開いて、手錠《てじょう》をかけられた男が入って来ました。男はヴォイテクを見るやいなや、ガタガタ震《ふる》えて、冷や汗《あせ》をかきはじめました。

「話せ」司令官《しれいかん》は震《ふる》えている男にむかってどなりました。「あらいざらい話すか、われわれのお客であるこのクマのえさになるか、選《えら》ぶがいい。こいつは一週間何も食べていない。だからきっと、手はじめにおまえをぺろりとやりたがっているぞ」

そう言って、司令官《しれいかん》はクマを指さしました。ヴォイテクは、ピョートルの横に〈気をつけ〉の姿勢《しせい》で立っていました。いかにも凶暴《きょうぼう》そうに見えました。

男はひざまずいて、話しはじめました。

男は本当にスパイでした。襲撃《しゅうげき》の下調べをし、武器《ぶき》が保管《ほかん》してある場所を探《さぐ》るために宿営地《しゅくえいち》に潜《ひそ》んでいたのでした。仲間《なかま》が宿営地《しゅくえいち》の中の配置《はいち》を正確《せいかく》に把握《はあく》できるように見取り図も描《か》いていました。

「で、襲撃《しゅうげき》の計画はいつだ」司令官《しれいかん》は最後《さいご》に質問《しつもん》しました。

男は頭を振《ふ》りました。

「いつだ？」司令官《しれいかん》はふたたびたずねました。彼《かれ》はピョートルに合図を送りました。ピョートルは司令官《しれいかん》の意図《いと》を正確《せいかく》にくみ取りました。

「さあ、答えないか」司令官《しれいかん》は、スパイをにらみつけながら言いました。そのとき、ピョートルはヴォイテクをちょっとだけつねりました。ヴォイテクはうなり声を上げて、歯をむき出しにしました。

「今夜だ」男はあえぐように言いました。「真夜中に」

それから十分も経《た》たないうちに、ヴォイテクとピョートルは司令官《しれいかん》のオフィスにもどっていました。その夜は、警備《けいび》の人数を倍にすることになりました。司令官《しれいかん》は感謝《かんしゃ》のしるしにヴォイテクにビールを二本、プレゼントしました。

「片手《かたて》に一本ずつだ」司令官《しれいかん》は冷蔵庫《れいぞうこ》からビールの瓶《びん》を取り出しながら、言いました。ヴォイテクは、次々に二本ともあっという間に飲み干《ほ》してしまいました。そこで司令官《しれいかん》は、その日の午後は自由にシャワーを使ってもよい、という別《べつ》のごほうびを与《あた》えました。

　そんなわけで、日が暮《く》れるころには、宿営地《しゅくえいち》のどこにも一滴《てき》の水さえ残《のこ》っていませんでした。クマが夕食時に姿《すがた》を現《あら》わしたとき、さっぱりと涼《すず》しげにしている兵士《へいし》は、ヴォイテク二等兵《にとうへい》だけでした。ヴォイテクは、いったい自分が特別待遇《とくべつたいぐう》に値《あたい》するような、何をしたのか、わかっていませんでした。けれども、みんなが祝《いわ》ってくれるので、中東《ちゅうとう》一幸せなクマでした。

　その日、ポーランドの兵士《へいし》たちはシャワーを浴《あ》びる必要《ひつよう》がありませんでした。彼《かれ》らはすでに輝《かがや》いていたからです。誇《ほこ》らしげな気持ちで輝《かがや》いていたのです。

# 8 騒動《そうどう》

「グオオオー！」ヴォイテクは後ろ足で勢《いきお》いよく立ち上がると、前足を振《ふ》りまわしました。まったく、ヴォイテクがそばにいると安心できません。

兵士《へいし》たちとヴォイテクが、何百樽《なんびゃくたる》もの石油やその他の重要《じゅうよう》な物資《ぶっし》を運んでイラクからもどったのは昨日《きのう》の晩《ばん》でした。

「おい、見ろ。ポチポチがいるぞ」ゲートに到着《とうちゃく》したとき、スタニスワフはヴォイテクに言いました。ダルメシアンは、すでにパレスチナの宿営地《しゅくえいち》の入口で待っていました。まるで親友がそろそろ帰ってくるのを感じ取っていたかのように。ヴォイテクはピョートルの体の上に乗っかって、窓《まど》から精《せい》いっぱい頭を突《つ》き出しました。ピョートルが押《お》しつぶされそうになっていることにも気づいていませんでした。興《こう》

奮《ふん》しているダルメシアンのほうにすっかり意識《いしき》がいってしまっていたからです。

イラクは楽しい所でした。それでも、このパレスチナの宿営地《しゅくえいち》はどこよりもいい場所でした。いや実際《じっさい》は、一つだけ、困《こま》ったことがありました。カシカです。

ヴォイテクが気持ちよく昼寝《ひるね》をしようと、ヤシの木の木陰《こかげ》で体を丸めたときのことです。カシカがヴォイテクの頭に飛《と》び乗って、両耳を引っ張《ぱ》りました。ヴォイテクはうなり声を上げながら立ち上がり、サルを捕《つか》まえようとしました。けれども、カシカはあっという間にヤシの木の上に駆《か》け登りました。

かたわらでは、スターリンが眠《ねむ》たげな顔でようすを見守っていました。スターリンはまるで忠実《ちゅうじつ》な馬でした。犬は女主人がクマをいじめるのをやめるまで、しんぼう強く待っていました。ところが、ヴォイテクのほうは、とうとう堪忍袋《かんにんぶくろ》の緒《お》が切れてしまいました。そして、今日という今日はあのサルを徹底的《てっていてき》にこらしめてやる、と心に決めました。

ヴォイテクは、カシカを追いかけて木によじ登りました。でも、半分の高さまで来たとき、サルはまだよく熟《う》れていない、石のように硬《かた》いナツメヤシの実を投げつけはじめました。ヴォイテクは地面に落ちてしまわないように、四本の足でしっかりと木にしがみつきました。身を守るすべがないヴォイテクの頭の上に、ナツメヤシの実がパラパラ落ちてきました。まったくあのサルは、どうしてこうも正確《せいかく》に命中させることができるんだろう？

怒《いか》り狂《くる》ったヴォイテクは、それでもどんどん木の上のほうに登って行きました。その間にカシカはジャンプして別《べつ》の木に飛《と》び移《うつ》り、ヴォイテクはそのあとを追おうとしました。木は危《あぶ》なっかしげにゆれました。気がつくと、ヴォイテクは身動きが取れなくなっていました。

ダルメシアンは興奮《こうふん》して、木の下で走りまわっていましたが、兵士《へいし》の一人がヴォイテクに気づくまでにはしばらく時間がかかりました。一方、カシカはと言えば、さっさと木から降《お》りて、スターリンの背中《せなか》にまたがって全速力で逃《に》げ去ったあとで

した。

「ああ、またか」顔をしかめた兵士《へいし》が自分のほうにやって来るのを見たピョートルは、うめきました。

「クマがヤシの木のてっぺんで動けなくなっているぞ」ヴォイテクを見つけた兵士《へいし》は言いました。「木の上にスパイでも隠《かく》れてるのかな？」とスタニスワフは言いましたが、ピョートルは、「まったく、あいつにはうんざりさせられる」とため息をつきました。

ふたりはヴォイテクのいる木に向かいました。見たところ、かなり危険《きけん》な状況《じょうきょう》でした。「おい、曲芸《きょくげい》グマ！」スタニスワフは木を見上げて声を張《は》り上げました。「そこは気持ちいいか？」

「ヴォイテク！　さあ、降《お》りて来い。大丈夫《だいじょうぶ》だから」ピョートルはおだやかに声をかけました。ヤヌシュとパヴェウ、ロレクも駆《か》けつけて来ました。みんな、ヴォイテクにむかってさけびはじめました。けれどもピョートルは、静《しず》かにするように言いました。

「ヴォイテク」彼《かれ》はやさしい声で言いました。「ヴォイティー！　さあ、降《お》りといで。大丈夫《だいじょうぶ》だよ」ヴォイテクは下を見ましたが、動こうとはしませんでした。

「おれに任《まか》せろ」スタニスワフが言いました。「おれが降《お》ろしてやる」スタニスワフは手に唾《つば》を吐《は》くと、助走をつけて、すばやく木に登りはじめました。「おい、降《お》りてこい。ふたりともおっこっちまうぞ」とロレクがどなりました。

「ロレク！　おまえは本当に肝《きも》っ玉の小さいやつだな。ほかにクマを降《お》ろす方法《ほうほう》があるのか？」スタニスワフはどなり返しました。

「なんなら、斧《おの》を取ってこようか」パヴェウがにやりと笑《わら》いながら言いました。

「そこでじっとしてろ」ヤヌシュが言いました。「すぐにもどってくるから」

その言葉どおり、ヤヌシュはまもなく一人のイギリス人兵士《へいし》といっしょにもどってきました。ふたりは大きな缶《かん》を抱《かか》えていました。そして、木の下までやってくると、缶《かん》のふたを開けました。

ヴォイテクの大好物《だいこうぶつ》の桃《もも》でした!

そのときにはもう、スタニスワフは木から降《お》りかけていました。けれどもヴォイテクは、まだ木のてっぺんでゆれていました。クマは、兵士《へいし》たちは何をしているんだろう、と下の方に目を凝《こ》らしました。

ヤヌシュは、シロップが滴《したた》るおいしそうな桃《もも》をつまみ上げました。

「これが何だかわかるか?」ヤヌシュは木の上のクマに呼《よ》びかけながら、甘《あま》い桃《もも》を振《ふ》ってみせました。ヴォイテクの鼻がひくひく動きました。

「さあ、後ずさりすればいいんだ」スタニスワフが声をかけました。みんなはふたたびヴォイテクにむかってさけんでいました。スタニスワフは、桃《もも》を一個《こ》、缶《かん》から取り出すと、宙《ちゅう》に持ち上げました。そして大きな音を立てて食べ、舌鼓《したつづみ》を打ちました。イギリス人の兵士《へいし》はスタニスワフに、「桃《もも》は明日のクリスマス・ディナーのデザートなんだ、それをいま食べるなんてとんでもない」と血相《けっそう》を変《か》えて言いました。桃《もも》の缶《かん》はたった一つしかなく、兵士《へいし》たちに十分行きわたるほどはなかったのです。

「きみは、クマに見せて誘《さそ》うだけだと言ったじゃないか」イギリス人兵士《へいし》はヤヌシュにも文句《もんく》を言いました。ヤヌシュは肩《かた》をすくめました。

ヴォイテクはスタニスワフが桃《もも》を食べるようすを見つめていました。なんともおいしそうな匂《にお》いが木の上まで立ちのぼって来ると、クマはもう居《い》ても立ってもいられなくなりました。ゆっくり、ゆっくり、ヴォイテクは少しずつ後ずさりしながら降《お》りてきました。無事《ぶじ》に地面まで降《お》りると、ヤヌシュはクマに桃《もも》をやりました。

そのころには、三十人ばかりの兵士《へいし》が木のまわりに集まっていました。彼《かれ》らは、ヴォイテクが一口で桃《もも》を呑《の》みこみ、舌《した》なめずりをすると、一斉《いっせい》に手をたたきました。ヴォイテクはこんなおいしい桃《もも》をこれまで食べたことがありませんでした。だから、もっとほしいと思いました。

クマは、缶《かん》を持っている兵士《へいし》に近づくと、体をつかみ、片方《かたほう》の前足を兵士《へいし》の腰《こし》に巻《ま》きつけ、もう片方《かたほう》の前足を缶《かん》の中につっこみました。

「おれたちのクリスマス・ディナーが！　おれたちのクリスマス・ディナーが！」

兵士《へいし》はさけびました。ピョートルが震《ふる》えている兵士《へいし》の体から引きはなす前に、ヴォイテクはまんまともう一個《いっこ》、桃《もも》をくすねたのでした。

「いいか、今夜は鎖《くさり》でつなぐからな。本気だぞ」ピョートルはヴォイテクに言いました。それから兵士《へいし》の背中《せなか》を叩《たた》いて、言いました。「なあ、今夜はビールをおごるから、ぼくたちのところに来てくれ。この埋《う》め合わせがしたいんだ」

けれども、兵士《へいし》の引きつった顔を見れば、これ以上ヴォイテクやポーランド兵《へい》たちと関《かか》わる気はないのは明らかでした。

ピョートルと仲間《なかま》たちは仕事にもどり、イギリス人の兵士《へいし》は桃《もも》の缶《かん》を持って、イギリス軍《ぐん》がクリスマスのお祝《いわ》いの準備《じゅんび》をしているテントにそそくさと帰って行きました。ヴォイテクは、日陰《ひかげ》に行ってもうひと眠《ねむ》りするそぶりを見せました。でも実際《じっさい》は、桃《もも》を持った兵士《へいし》をひそかに見張《みは》っていました。兵士《へいし》が角を曲がると、ゆっくりと立ち上がり、こっそりあとをつけました。

どのテントに缶《かん》が置《お》いてあるのかを探《さぐ》り当てるのは難《むずか》しくはありませんでした。ヴォイテクの驚《おどろ》くべき嗅覚《きゅうかく》は彼《かれ》をまっすぐにそこへ導《みちび》きました。クマは近くに立って、兵士《へいし》たちがりっぱなテントの前にテーブルや椅子《いす》を忙《いそが》しげに並《なら》べているようすをじっと見ていました。

必要《ひつよう》な情報《じょうほう》が得《え》られると、ヴォイテクはまわれ右をして、友だちのダルメシアンを探《さが》しに行きました。そして犬と出会うと、二頭はふらふらと大きな調理場に入りこみました。今日は、宿営地《しゅくえいち》のどこからもいい匂《にお》いがしています！

「だめだめ！」顔なじみの動物たちを見つけた料理人《りょうりにん》は言いました。「今日は、おまえたちとおしゃべりしている暇《ひま》はないんだ」でも、ヴォイテクとダルメシアンはおしゃべりなんかには興味《きょうみ》はありませんでした。彼《かれ》らはただ食べ物がほしいだけなのです。

「あっちに行け！　この食いしん坊《ぼう》コンビめ」料理人《りょうりにん》は言いました。「やんなきゃいけないことが山ほどあるんだ。百羽のニワトリをローストして、千個《せんこ》のジャガイモの皮をむかなきゃいけないんだから」でも、わざわざ説明《せつめい》する必要《ひつよう》はありませんでした。ヴォイテクはそこにどんな食べ物があるのか、自分の鼻でちゃんとわかっていました。だからこそ、ヴォイテクと相棒《あいぼう》はおいしそうな匂《にお》いによだれを垂《た》らしながら、その場にすわりこんでいたのです。

「わかった。鳥のももを一つやるから、おれの台所から出て行ってくれ」料理人《りょうりにん》は言いました。

その日の夕方、自分のテントに帰ってきたピョートルは、鎖《くさり》を手にしていました。「ここにおいで」ピョートルはヴォイテクに言いました。ヴォイテクは、ゆっくり、ゆっくりピョートルのところまでやって来ました。ピョートルはヴォイテクの首のまわりに鎖《くさり》を巻《ま》きつけ、木に結《むす》びつけました。ヴォイテクはすわりこんで、そっと頭をゆらしました。

「ごめんよ」ピョートルは言いました。「こうするしかないんだ」ヴォイテクは、まるでだれかに殴《なぐ》られたみたいな顔をしていました。

そばを通りすぎる兵士《へいし》たちはみんな足を止めて、ヴォイテクを見ました。

「かわいそうに」兵士《へいし》の一人が言いました。

「とうとうおまえも年貢《ねんぐ》の納《おさ》めどきか」別《べつ》の兵士《へいし》が言いました。

「明日になれば、きっと外してもらえるさ」次に通りかかった兵士《へいし》が言いました。

「元気を出せ。ここでは、おれたちもみな鎖《くさり》につながれているんだ。ただ、おれたちの鎖《くさり》は目に見えないだけさ」また別《べつ》の兵士《へいし》が言いました。

「おやおや、お気の毒《どく》さま。これでもう悪さはできないな」スタニスワフが言いました。

その晩《ばん》、寝《ね》るときに、ピョートルはヴォイテクを鎖《くさり》でつなぎませんでした。クマは、ピョートルのそばにもぐりこまずに、寝箱《ねばこ》の中で静《しず》かに体を丸めました。

「ぼくに腹《はら》を立てているのか？」ピョートルが声をかけました。でも、内心はさほど気にしていませんでした。あとでベッドを占領《せんりょう》することがよくあったからです。

ベッドを独《ひと》り占《じ》めできるおかげで、ピョートルはぐっすり眠《ねむ》ることができました。真夜中にヴォイテクが寝箱《ねばこ》からはい出てテントから抜《ぬ》け出したのにも気づきませんでした。クマはまっすぐ、イギリス兵《へい》がおいしい桃《もも》の缶《かん》を置《お》いていった、あの大きなテントに向かいました。

ヴォイテクは、テントの前に置《お》かれたテーブルやいすのそばをうろうろし、くんくんあたりの匂《にお》いをかぎました。缶《かん》の在《あ》りかを見つけ出すのにさほど時間はかかりませんでした。缶《かん》はテントの奥《おく》にある棚《たな》の上に置《お》かれていました。そこにはイギリス軍《ぐん》のクリスマス・ディナーのために用意されたお皿やグラスが積《つ》み重ねられていました。

ヴォイテクは棚《たな》に歩みよると、後ろ足で立って、缶《かん》をつかみました。ところが、テントの中がまっくらだったせいか、うっかり棚板《たないた》までいっしょにつかんでしまいました。棚板《たないた》は下の棚板《たないた》に向かって落ち、さらにその下の棚《たな》まで落ちていきました。

あわてふためいたヴォイテクは、外に走り出ようとして、テントの支柱《しちゅう》を二本、引き倒《たお》してしまいました。

「みんな、武器《ぶき》を取れ！　敵襲《てきしゅう》だ！」あたりのテントから大声が上がりました。ものの数分もしないうちに、兵士《へいし》たちは崩《くず》れたテントを取り囲《かこ》みました。テントの前に立った兵士《へいし》たちは、怪《あや》しい動きが少しでもあればすぐに撃《う》てるように銃《じゅう》を構《かま》えて、耳をすましました。ところが聞こえてきたのは、ぺちゃぺちゃ、もぐもぐ、何かを食べている音でした。

「ああ、なんてこった！」イギリス兵《へい》の一人が声を上げました。「また、あの食いしん坊《ぼう》のクマ公だ。おれたちのデザートがなくなっちまう！」

兵士《へいし》たちは銃《じゅう》を下ろすと、まっすぐピョートルのテントに向かいました。

「プレンディシュ！　きみのクマがまた悪さをしでかしたぞ」兵士《へいし》の一人がテントの垂《た》れ布《ぬの》を持ち上げて言いました。ピョートルは跳《は》ね起きました。ヴォイテクの寝《ね》箱《ばこ》が空っぽなのに気づくと、テントの外に飛《と》び出しました。

そのあいだにヴォイテクのほうは、後ろ足で立ち、前足で缶《かん》を抱《かか》えて、走って逃《に》げようとしていました。

「缶《かん》をここに持ってくるんだ！　いますぐに！」ピョートルは、ヴォイテクを追いかけながらさけびました。

そのころにはもう宿営地《しゅくえいち》の全員が目をさまし、みんなでヴォイテクを追いかけていました。まもなくクマは逃《に》げ場を失《うしな》いました。けれども、兵士《へいし》たちがようやくヴォイテクを隅《すみ》に追いつめたときには、缶《かん》の底《そこ》に桃《もも》はもう数個《こ》しか残《のこ》っていませんでした。ヴォイテクは缶《かん》を抱《だ》きしめていました。目にはおびえた色が浮《う》かび、前足からは甘《あま》いシロップが滴《したた》っています。

「缶《かん》を放すんだ！」ピョートルが言いました。でも、ヴォイテクにはしたがう気はありませんでした。そして、ピョートルを見つめたまま、後ろ足でしっかり立つと、缶《かん》を持ち上げて、口に持っていきました。わずかに残《のこ》っていた桃《もも》は、食いしん坊《ぼう》のクマの口の中に消えていきました。缶《かん》が空っぽになると、ヴォイテクは缶《かん》を投げ捨《す》て、こそこそとピョートルのところに行きました。まるで、いたずらをしでかして、ばつが悪そうにしている幼《おさな》い子どものようでした。

ピョートルは腰《こし》に手を当てて立っていましたが、ヴォイテクにはなんと言っていいかわかりませんでした。そして、イギリス兵たちに、この埋《う》め合わせはするから、と約束《やくそく》しました。けれども、こんな砂漠《さばく》の真ん中で、どうやって代わりの桃《もも》の缶詰《かんづめ》を手に入れられるでしょう?

ヴォイテクはピョートルのお腹《なか》に頭を押《お》しつけ、それから、前足で目を隠《かく》しまし

た。

「あのう」ヤヌシュがイギリス兵《へい》に声をかけました。「たぶん、ぼくたちの食料《しょくりょう》の中から何かおいしいデザートをきみたちに提供《ていきょう》できると思うよ」

「まさか、ぼくたちのピェロギ*を渡《わた》すつもりじゃないだろうな？」スタニスワフが心配そうに言いました。

「新年にはもっとたくさんおいしいのを作ってやるよ」ヤヌシュが答えました。

「おふくろのレシピで、甘《あま》いのも辛《から》いのも」

ポーランド兵《へい》たちは、朝一番で崩《くず》れたテントを張《は》り直すことを約束《やくそく》しました。そして、イギリス兵《へい》の気持ちがおさまると、みんな寝《ね》にもどりました。

まもなくピョートルの耳元で、小さく静《しず》かなうなり声が聞こえたかと思うと、毛《もう》布《ふ》の中に毛むくじゃらの脚《あし》が一つ、また一つと、すべりこんできました。ピョートルがそっと体をずらすと、ゆっくりとヴォイテクがベッドにもぐりこんできて、そばで横になりました。やがてピョートルは、クマの大きな口が腕《うで》をくわえるのを感じました。

ピョートルの指を吸《す》いながら、ヴォイテクはグーグー眠《ねむ》りだしました。そのあいだピョートルは、目を見開いて、テントの天井《てんじょう》を見つめていました。このさき、ヴォイテクをどうしたらいいんだろう？　戦地《せんち》に行ったら、何が起こるんだろう？

ピョートルは別《べつ》のことを考えようとしました。夜に考えごとをはじめると歯止めがきかなくなって、いったん頭の中に浮《う》かんだ思いは、悪い方へ、悪い方へと向かってしまいがちだからです。

でも、もう手遅《てお》れでした。ピョートルは動き出した思考を止めることができませんでした。故郷《こきょう》のポーランドのことを考えはじめました。父さんと母さんは今年も家にクリスマス・ツリーを飾《かざ》っているだろうか？　それとも、戦争《せんそう》がひどくなって、ポーランドでは、クリスマスを祝《いわ》う人なんかいないんじゃないだろうか？　今ごろ、

＊ピエロギ…小麦粉《こむぎこ》の皮にいろいろな具を包《つつ》んで、ゆでたり焼《や》いたりして作るポーランドの伝統料理《でんとうりょうり》。

あちらでは雪がたくさん降《ふ》っているかな？　かまどにくべる薪《まき》は十分にあるだろうか？

ピョートルは深く息を吸《す》いこみました。テントの中には桃《もも》の匂《にお》いが充満《じゅうまん》していました。母さんのピェロギを思い出しました。母さんの作るピェロギのおいしさは村一番でした。近所の子どもたちは、今年も家にやって来て母さんのピェロギをごちそうになるだろうか？　ポーランドでは国中が爆撃《ばくげき》を受けて苦しんでいるというのに、ぼくはどうして、こんなところで、コオロギの鳴く声を聞きながら寝《ね》ているんだろう？　自分の国が瓦礫《がれき》の山になろうとしているのに、こんな砂漠《さばく》の真ん中で何をしているんだろう。

ピョートルはヴォイテクの口から腕《うで》を離《はな》すと、不快《ふかい》な考えを追い払《はら》おうとするかのように、自分の顔に押《お》しつけました。けれども、目はますます冴《さ》えて、考えはどんどん暗くなるばかりでした。ぼくの家や通りは今もあそこに残《のこ》っているんだろうか？　村ではクリスマスを祝《いわ》うために明かりやキャンドルがともっているんだろうか？　それとも何もかもまっくらな闇《やみ》に沈《しず》んでいるんだろうか？

ポーランドや生まれ故郷《こきょう》の村と家、そして両親のことを考えるうちに、心臓《しんぞう》の鼓《こ》動《どう》が速くなりました。

故郷《こきょう》の父さんと母さんは無事だろうか？

憂鬱《ゆううつ》な考えをふり払《はら》おうと、ピョートルは右に寝返《ねがえ》りを打ちました。体がヴォイテクのほうに転がっていきました。そのときです。ドーン・ドーン、ドーン・ドーン、ドーン・ドーン、という音が聞こえてきました。厚《あつ》く温《あたた》かい毛の下で、クマの大きな心臓《しんぞう》がゆっくりと鼓動《こどう》しているのでした。ピョートルはヴォイテクの体に頭をのせました。ドーン・ドーン、ドーン・ドーン。心臓《しんぞう》が打ちつけています。

ピョートルは目を閉《と》じ、じっと耳をかたむけました。人生って、なんて不思議《ふしぎ》なんだろう、と思いました。本当に不思議《ふしぎ》だ。明日はクリスマスで、ぼくは、同じテントでクマと並《なら》んで寝《ね》ているんだから。そして、ここは、キリストが生まれたベツレヘムからそんなに離《はな》れてはいないんだ。

それから、ようやくピョートルは眠《ねむ》りに落ちました。

# 9 近づく戦場《せんじょう》

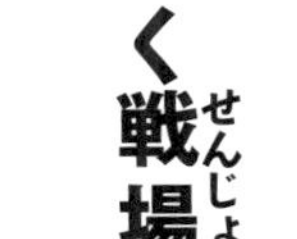

本当の戦争《せんそう》はまだ、ピョートルとその仲間《なかま》たちからずっと遠いところにありました。それでも、ピョートルたちのいる中東《ちゅうとう》も安全ではありませんでした。土地の人々は、イギリス人やポーランド人の兵士《へいし》たちが自分たちの国を車で行き来し、あれをしろ、これをしろと命令《めいれい》したり、石油を持って行ったりするのをあまり喜《よろこ》んでいませんでした。けれども、ヨーロッパの戦場《せんじょう》に比《くら》べれば、まだずっと平和《へいわ》でした。

しかし、その平和や穏《おだ》やかな日々もそう長くは続《つづ》きませんでした。新年を迎《むか》えてまもないある晩《ばん》、兵士《へいし》たちには新しい任務《にんむ》が与《あた》えられました。

「諸君《しょくん》」司令官《しれいかん》は大声で話しはじめました。「今後、諸君《しょくん》は石油の樽《たる》やテントを運ぶことはない。諸君《しょくん》には兵士《へいし》たちを運んでもらう」ピョートルはスタニスワフのほうをちらりと見ましたが、スタニスワフも司令官《しれいかん》の言葉の意味がわかっていないようすでした。

「ヨーロッパへの進攻《しんこう》がはじまった。アメリカ軍《ぐん》とイギリス軍《ぐん》はすでにイタリアの一部を占領《せんりょう》した。だが、彼《かれ》らはさほど前進していない。あちらではもっと兵士《へいし》を必要《ひつよう》としている。だから諸君《しょくん》はその兵士《へいし》を連《つ》れてくるのだ」

「連《つ》れてくるって、どこから？」ピョートルが小声で言いました。

「プレンディシュ、口を閉《と》じて、よく聞け！」司令官《しれいかん》がどなりました。「諸君《しょくん》が集める男たちは、中東《ちゅうとう》全体に散《ち》らばっている。諸君《しょくん》には行く先を示《しめ》した地図が渡《わた》される。そして兵士《へいし》たちを拾い集めて、エジプトのアレクサンドリアまで連《つ》れて行くのだ。そこには、軍隊《ぐんたい》を海の向こうのイタリアの戦場《せんじょう》に運ぶ船が待っている……」

司令官《しれいかん》は、ここですこし間を置《お》きました。「諸君《しょくん》がすべての男たちを集め終えたら、諸君《しょくん》らもまたイタリアに渡《わた》るためにアレクサンドリアに向かうのだ。戦場《せんじょう》に行く心構《こころがま》えをせよ！」

兵士《へいし》たちの間に緊張《きんちょう》が走りました。輸送中隊《ゆそうちゅうたい》の兵士《へいし》たちは、いずれ自分たちもドイツ軍《ぐん》と面と向かう日がやって来ることを知っていました。とうとう、そのときが迫《せま》ってきたのです。

「彼《かれ》らははるばるイギリスからやって来たんだ」テントにもどったとき、スタニスワフが言いました。「そして、イタリアまで行って命をかけて戦《たたか》うために、イランとイラクを通ってこんな長い遠回りをしたんだ」

「だけど、まっすぐフランスを抜《ぬ》けて進軍させることはできないのかな?」ロレクが言いました。「戦場《せんじょう》に着くまでに、へとへとに疲《つか》れてしまうだろうに」

「ああ、たしかにそうだ。だけど、それは、一番たやすいルートというわけじゃない」スタニスワフが答えました。「それに、ドイツ軍《ぐん》は彼《かれ》らの兵士《へいし》をどこから調達《ちょうたつ》してきていると思う? あいつらはもう長いことヨーロッパを占領《せんりょう》しているんだ」

「はたしてドイツにはドイツ人が残《のこ》っているんだろうか、って思うよ」パヴェウが言いました。

「ドイツはまだ国として存在《そんざい》しているんだろうか?」

スタニスワフが言いました。「ドイツ野郎たちはいろんな国に散《ち》らばっているぞ」

「この戦争《せんそう》には終わりがないような気がするよ」ピョートルがため息まじりに言いました。「今は一九四四年。ぼくたちは、もう五年近く故郷《こきょう》を離《はな》れているんだ」

平和で穏《おだ》やかな日々ともうお別れでした。輸送中隊《ゆそうちゅうたい》の男たちは、レバノン、シリア、トランスヨルダンの砂《さ》漠《ばく》をトラックで走りまわりました。彼《かれ》らはガタガタ道にゆられながら、苦労《くろう》して前進を続《つづ》け、懸命《けんめい》に働《はたら》きました。そして、できるだけすばやく兵士《へいし》たちを拾い上げると、エジプト最大《さいだい》の港、アレクサンドリアまで運んで行きま

した。

この旅の間、ヴォイテクは、ピョートルとスタニスワフの間の座席《ざせき》にすわり、はじめて目にする土地の景色《けしき》を物珍《ものめず》らしげにながめていました。機会《きかい》があれば、ひとりでいそいそと探検《たんけん》に出かけました。ヤギを追いかけ、洗《あら》いたての下着を頭に巻《ま》きつけ、行く先々で蜂蜜《はちみつ》と水をねだりました。そのうえ困《こま》ったことに、タバコの味をおぼえたのでした。

「おい、きみたち、そのタバコをしまってくれないか」

ピョートルは、タバコを吸《す》っているイギリス人の兵士《へいし》たちを見ると言いました。でもピョートルもタバコを吸《す》いましたし、ヴォイテクはピョートルがすることを何でも真似《まね》したがりました。正確《せいかく》に言うと、ヴォイテクはタ

バコを吸《す》うのではなく、タバコを丸ごと食べてしまうのでした。それも、火のついているタバコだけを。もしタバコに火がついていないときは、口に入れる前に、だれかに火をつけてくれるように頼《たの》むのでした。

数週間後、すべての人員と物資《ぶっし》がアレクサンドリアに輸送《ゆそう》されると、こんどは輸《ゆ》送中隊《そうちゅうたい》の男たち自身が船に乗るために港に出向く番でした。彼《かれ》らの仕事は物資《ぶっし》を運ぶことなので、戦闘《せんとう》に参加《さんか》することはありません。ただ、海の向こうで運ぶことになるのは、折《お》りたたみ式ベッドや兵士《へいし》やテントではなく、迫撃砲《はくげきほう》や砲弾《ほうだん》、手榴《しゅりゅう》弾《だん》、軽機関銃《けいきかんじゅう》、銃弾《じゅうだん》、弾薬筒《だんやくとう》、バズーカ砲《ほう》、ステンガン、＊火炎放射器《かえんほうしゃき》、そして何百もの戦車《せんしゃ》の部品でした。あらゆる武器《ぶき》をトラック一杯《いっぱい》に積《つ》んで、それを戦闘《せんとう》が行われている場所に届《とど》けるのです。

イタリアでは本当の危険《きけん》が待っているのがわかっていました。いつもは冗談《じょうだん》ばかり言っているスタニスワフも、エジプトでの最後《さいご》の旅の間ずっと深刻《しんこく》な顔をしていました。男たちは、首都《しゅと》カイロから港をめざしてトラックを走らせながら、めいめい物思いに沈《しず》んでいました。

「とうとう来るべきときが来たな」スタニスワフが沈黙《ちんもく》を破《やぶ》って言いました。「事《じ》態《たい》は容易《ようい》ならないところまで来てしまった」

「ああ、覚悟《かくご》を決めるしかない」ピョートルが答えました。

ピョートルとスタニスワフは、目の前の埃《ほこり》っぽい道を見つめていました。言葉は交わさなくても、ふたりとも、相手が同じことを考えているのはわかっていました。それは、何も知らずにふたりの間にすわっている大きなクマがこの先どうなるか、ということでした。

＊ステンガン…機関銃《きかんじゅう》の一種

# 10　アレクサンドリアの港で

アレクサンドリアの波止場《はとば》は兵士《へいし》たちでいっぱいでした。だれもが物を運んでいました。

それらはみな、イタリア行きの船に積《つ》みこまれるのです。弾薬《だんやく》の箱、石油の樽《たる》、食糧《しょくりょう》、コンパス、ヘルメット、毛布《もうふ》、医薬品、予備《よび》の制服《せいふく》、野外電話、背《はい》のう、双眼鏡《そうがんきょう》、ガソリンのジェリィ缶《かん》、懐中電灯《かいちゅうでんとう》。実にたくさんの装備《そうび》です。

ピョートルやほかの兵士《へいし》たちが乗りこむことになっている船はすでに港に停泊《ていはく》していました。船体には、バトリ号という船の名前が白い大きな文字で書かれていました。

タラップを登って、バトリ号に乗りこむ前に、ピョートルたちは、オフィスで乗《じょう》

BATORY

客名簿《きゃくめいぼ》を管理《かんり》するイギリス人の伍長《ごちょう》のもとに出頭《しゅっとう》しました。伍長《ごちょう》は、ピョートル・プレンディシュ二等兵《にとうへい》のそばに立っている大きなヒグマを目にしたとたん、息が止まりました。

「そいつも船に乗せるつもりか?」伍長《ごちょう》がたずねました。

「そうです。伍長殿《ごちょうどの》」ピョートルは答えました。

「もしかして、あれもか?」伍長《ごちょう》はロレクの肩《かた》にすわっているカシカを指さしながら言いました。伍長《ごちょう》の目は同時に二つの方向を見ているようでした。でも、指は間違《まちが》いなくサルを指さしていました。「はい、そうです」ピョートルは言いました。

「それから、あのう……彼《かれ》らの仲間《なかま》が少々おります」

伍長《ごちょう》は席《せき》を立つと、風変《ふうが》わりな兵士《へいし》たちの列をその目で確《たし》かめに行きました。太《たい》鼓腹《こばら》の豚《ぶた》が何頭かいました。ハトが数羽に、オウムが一羽。列の真ん中あたりにはダルメシアン犬、そして最後尾《さいこうび》には、子牛ほどの大きさのスターリンが陣取《じんど》っていました。

伍長《ごちょう》は机《つくえ》にもどりながら首を振《ふ》って言いました。「だめだめ、問題外だ。規則違《きそくい》反《はん》もはなはだしい」

「ですが伍長殿《ごちょうどの》、全員わたしたちといっしょに乗船することになっています」

ピョートルが大きな声ではっきりと言いました

「とんでもない」足のぐらつく机《つくえ》にもどった伍長《ごちょう》は言いました。「衛生面《えいせいめん》の問題もある。それに、船には兵士用《へいしよう》のスペースしかない。クマが戦場《せんじょう》で戦《たたか》うことはないからな」

「あのクマは、ポーランド第二軍団《だいにぐんたい》の二等兵《にとうへい》として正式に登録《とうろく》されているんです」

ピョートルはおだやかな口調で話し続《つづ》けました。

「笑《わら》わせないでくれ」伍長《ごちょう》は言いました。

そのときスタニスワフが前に出ました。がまんできなくなったスタニスワフは机《つくえ》の上に身を乗り出すと、伍長《ごちょう》にむかって悪態《あくたい》をつこうとしました。でも、さいわいその前に、パヴェウとヤヌシュがスタニスワフのベルトをつかんで引きもどしたので、ピョートルはしまいまで話すことができました。

「この動物たちはわたしたちのマスコットなのです」ピョートルはスタニスワフを無視《むし》して言いました。

「マスコットだと？」伍長《ごちょう》はせせら笑《わら》うように言いました。

「マスコットです」ピョートルはおだやかにくり返しました。「そして、わたしたちの友だちです。彼《かれ》らのおかげで戦争《せんそう》に耐《た》えやすくなるんです」

伍長《ごちょう》は、こんどは本当に笑《わら》いだしました。「耐《た》える（ベア）？　クマ《ベア》のおかげで？　しゃれのつもりかね？　毎日、何百人、何千人という人間が死んでいるというのに、きみたちはペットが飼《か》いたいと言う。耐《た》えやすい？　戦争《せんそう》がどういうものかわかっておるのかね？　ヨーロッパの戦場《せんじょう》と比《くら》べれば、中東《ちゅうとう》での任務《にんむ》などピクニックみたいなもんだ。きみたちはまだ何も見ておらん！」

スタニスワフがピョートルを押《お》しのけて、ふたたび机《つくえ》に詰《つ》めよりました。頭から湯気《ゆげ》を立てて怒《おこ》っていました。「このやぶにらみのバカは何を言っている？　いったいおれたちの何を知っているっていうんだ？　おれたちはもう何年も故郷《こきょう》を離《はな》れているんだぞ。これまでブーツについた砂《すな》をぜんぶ集めたら、おれの村にビーチができるだろうよ。この太鼓腹《たいこばら》をトラックでひいてぺちゃんこにしてやろうか」スタニスワフは机《つくえ》をゆらしながら、まくし立てました。

イギリス人の伍長《ごちょう》はポーランド語がまったくわかりませんでした。でも、スタニスワフが何と言ったのか知りたがりました。

「つまり……」ピョートルが説明《せつめい》しようとすると、そのあとをパヴェウが続けました。

「彼《かれ》はただ、わたしたちがこれまでどんな経験《けいけん》をしてきたか、あなたはご存《ぞん》じない、できればお聞かせしたい、と言っていたんです」

伍長《ごちょう》は、「話を聞いている暇《ひま》はない」と言いました。そして、椅子《いす》から立ち上がると、大股《おおまた》に歩いてオフィスから出て行きました。

「あのやぶにらみのバカはどこに行ったんだ？」スタニスワフが言いました。

「上官《じょうかん》を呼《よ》びに行ったんだろうよ」ピョートルが答えました。

ロレクはスタニスワフに、「頭を冷《ひ》やせ」と言いました。するとスタニスワフは、「この腰《こし》ぬけめ！」とロレクに当たりました。伍長《ごちょう》がなかなかもどらないので、待っている間、ヤヌシュは自分の背《はい》のうから食べ物を取り出して仲間《なかま》に配りました。

「少し食べれば気分も落ち着くさ」彼《かれ》は言いました。

「おれは落ち着いている！」と、スタニスワフはヤヌシュにどなりました。ヤヌシュは肩《かた》をすくめて、「そうは見えないけどね」とつぶやきました。

ようやく、扉《とびら》がバタンと開いて、一人の将校《しょうこう》が部屋に入って来ました。将校《しょうこう》の肩《かた》には星章《せいしょう》がついていました。そしてボタンも、伍長《ごちょう》のものよりはもっとピカピカしているように見えました。

「きみたちは、動物の友だちを船に乗せたいというんだな？」将校《しょうこう》はたずねました。

「そうであります」ピョートルは〈気をつけ〉の姿勢《しせい》を取って答えました。やぶにらみの伍長《ごちょう》は部屋に入ると、ポーランド兵《へい》たちには目もくれずに、自分の机《つくえ》にすわって、書類《しょるい》に目を通しはじめました。

スタニスワフは、「やぶにらみのバカはちゃんと字が読めるのか？」とポーランド語で言いました。するとロレクは、「口をつつしめ。この将校《しょうこう》はおれたちの言葉が分かるかもしれないんだぞ」と彼《かれ》にささやきました。スタニスワフは眉《まゆ》をしかめたものの、口をつぐみました。

将校《しょうこう》はヴォイテクとカシカに目を向けました。それから、豚《ぶた》、鳩《はと》、オウム、ダルメシアン、そして列の一番後ろの大きな犬を見て、頭を振《ふ》りました。

「どうして、きみたちは移動《いどう》サーカスを軍用船《ぐんようせん》に乗せたいのだ？」

「マスコットだからだそうです」やぶにらみの伍長《ごちょう》がため息まじりに言いました。

「だれがおまえにたずねた？」将校《しょうこう》はそう言って、伍長《ごちょう》をにらみつけました。それからピョートルのほうに向きなおり、ピョートルがヴォイテクの勇《いさ》ましい手柄話《てがらばなし》の数々を語りはじめると、それに耳をかたむけました。

ピョートルは、ヴォイテクがスパイを捕《つか》まえたこと、部隊《ぶたい》の装備《そうび》を守ったこと、クマはほかの動物たちをとても慕《した》っていることを話しました。動物たちは離《はな》れ離《ばな》れになったら生きていけないだろうし、それは兵士《へいし》たちも同じであること、自分たちには動物の友だちが必要《ひつよう》なのだということを訴《うった》えました。大きな犬は、あるイギリス人将校《しょうこう》に飼《か》われていたのだけれど、その将校《しょうこう》はすでにイタリアに渡《わた》っているし、ダルメシアンの飼《か》い主もそうだということ、もし自分の犬がエジプトに置《お》いていかれたと知ったら、飼《か》い主はきっと悲しむだろうということ、豚《ぶた》は食べるためでなくていっしょに遊ぶためにいること、オウムは「ナチス、ゴー・ホーム!」としゃべれることを伝えました。

ピョートルは、動物たちがどれだけ自分たちを元気づけ、ときには慰《なぐさ》めてくれるか、もっと話したかったのですが、できませんでした。カシカがヴォイテクの耳をつかんでひねくりまわしたからです。ヴォイテクは悲鳴《ひめい》を上げ、だれもがはっとしました。ピョートルは「ちょっと神経質《しんけいしつ》になっているだけです、カシカはふだんはこんなことはしないので」と言いました。

　それでもヴォイテクは、怒《おこ》ったりはしませんでした。クマはただ、大きな前足で目を隠《かく》して、ゆさゆさ体を前後にゆすりはじめました。将校《しょうこう》は頭を振《ふ》りました。でも、ピョートルは将校《しょうこう》の顔にかすかに笑《え》みが浮《う》かんだのを見て取りました。そして、そのチャンスを逃《のが》しませんでした。ピョートルはヴォイテクの耳をなでながら、ささやきました。「ああ、ぼくのかわいそうなクマ、かわいそうな子グマのヴォイティー、さあ、おいで、ぼくのところへおいで」

　その言葉に、ヴォイテクはだんだん切なくなってきました。そして、ますます頭をゆすると、ピョートルに近よって脚《あし》に抱《だ》きつきました。強くて大きなクマは、悲しげな幼《おさな》い子グマにもどっていました。

「ちょっと待っててくれ」将校《しょうこう》は大声で言いました。そしてやぶにらみの伍長《ごちょう》を連れて、オフィスを出ました。今度は、すぐにもどって来ました。将校《しょうこう》は書類《しょるい》の束《たば》を抱《かか》えていて、もう一人の将校《しょうこう》といっしょでした。その将校《しょうこう》がここの責任者《せきにんしゃ》であることは明らかでした。肩《かた》に星章《せいしょう》をつけていただけでなく、記章《きしょう》には冠《かんむり》があしらわれていたからです。

「諸君《しょくん》」責任者《せきにんしゃ》の将校《しょうこう》はオフィスの中の雑然《ざつぜん》とした状況《じょうきょう》に目をやってから、口を開きました。「われわれイギリス軍《ぐん》は諸君《しょくん》の幸運《こううん》を祈《いの》る。わたしが承認《しょうにん》する。安心してきみたちのマスコットの世話をしたまえ。では、旅の安全を祈《いの》る」

オフィスから出て行く上官《じょうかん》に兵士《へいし》たちが敬礼《けいれい》しました。あとに残《のこ》った将校《しょうこう》はすべての書類《しょるい》にサインをし、ピョートルに言いました。「これで、動物たちを連《つ》れてバトリ号に乗船する許可《きょか》は降《お》りた」それから、やぶにらみの伍長《ごちょう》のほうに向きなおると、困惑顔《こんわくがお》の部下に言いました。「何をぼけっとすわっている。さっさと書類に判《はん》子《こ》を押《お》さんか」

将校《しょうこう》は、ヴォイテクにもう一度やさしい笑《え》みを向けてから、鼻歌を口ずさみながらオフィスをあとにしました。

# 11 船の旅

その日、一九四四年二月十三日の午後おそく、いつになく多彩《たさい》な一団《いちだん》が列をなして、バトリ号のタラップを登って行きました。巨大《きょだい》な遠洋定期船《えんようていきせん》バトリ号では、エジプトからイタリアに渡《わた》るポーランド軍《ぐん》の兵士《へいし》たちを乗せるのに大忙《おおいそが》しでした。船はまるで海に浮《う》かぶサッカー場のようでした。いや、サッカー場よりも広く、甲板《かんぱん》の上にはさらに何階もの船室がありました。

そんなに大きな船なら、全員に十分なスペースがあるように思われるかもしれません。でも実際《じっさい》は、イタリアに向かう兵士《へいし》たちはたいへんな数でした。大量《たいりょう》の装備《そうび》も積《つ》まなくてはいけません。それに、今回は動物たちもいました。

「何だ、これは？　ノアの箱舟《はこぶね》か？」船長は、自分の船に乗りこんだ動物たちを見

て、あきれ返りました。けれども、ピョートルは署名《しょめい》のある書類を勝ちほこったようにひらひらさせながら、正式な許可《きょか》を得《え》ていることを伝《つた》えました。

動物たちがそれぞれ居場所《いばしょ》を見つけて落ち着くまでには、しばらく時間がかかりました。豚《ぶた》は料理人《りょうりにん》たちといっしょにいることになりました。オウムは三〇六号船室、鳩《はと》は三〇七号船室におさまりました。犬たちは船尾《せんび》のデッキに行き、カシカは無事《ぶじ》に船倉《せんそう》に押《お》しこめられました。でも、ヴォイテクはどこに置《お》いたらいいのでしょう?

「マストにつないでおけ」思案《しあん》のすえに船長が言いました。ヴォイテクは大きなポーランドの遠洋定期船《えんようていきせん》の上で注目の的《まと》になりました。みんな、ヴォイテクを見にやって来ました。

だれもがクマにえさをやりたがりました。だれもが喜《よろこ》んで、自分のタバコやビールをヴォイテクにあげました。ピョートルは、ヴォイテクがチェーンスモーカーか大酒飲みか、あるいはその両方にならないように、常《つね》に目を光らせていなければなりませんでした。

船の旅がはじまって最初《さいしょ》の数日間、ヴォイテクはこの上なく楽しい時間をすごしました。ピョートルはいつもそばにいてくれましたし、さわやかな潮風《しおかぜ》に吹《ふ》かれるのはすてきでした。カモメをつかまえるのに夢中《むちゅう》になりました。もっとも、一羽もつかまえることはできませんでしたが。それでも、カモメたちは頭のすぐそばをかすめるように急降下《きゅうこうか》してくるので、ヴォイテクはけっして希望《きぼう》を捨《す》てませんでした。

ギリシャが視界《しかい》に入ってきたころ、大きな嵐《あらし》がやってきました。船は右に左にゆれました。はじめヴォイテクは、いったい何が起きているのだろうと、後ろ足で立ってようすをうかがっていました。けれども、まもなく船酔《ふなよ》いにかかってしまい、デッキにすわりこんでクンクン鳴きながら、頭を振《ふ》っていました。

もうだれもヴォイテクに近寄《ちかよ》ろうとはしませんでした。そばに近づいて来るものには何であれ、襲《おそ》いかかったからです。ピョートルが持って来てくれた食べ物さえ、デッキにぶちまける始末《しまつ》でした。ヴォイテクは嵐《あらし》にひどく腹《はら》を立て、毛布《もうふ》までずたずたに引き裂《さ》いてしまいました。

やがて、そんなことをしても無駄《むだ》だと悟《さと》ると、マストにもたれかかってすわりこんだまま、前足で目をおおい、体を前後にゆすりはじめました。まるで波で船がゆれるのに調子を合わせるかのように。

ピョートルが声をかけても、なぐさめにはなりませんでした。スタニスワフもいつものように冗談《じょうだん》を言うことはありませんでした。彼《かれ》もまたひどい船酔《ふなよ》いで、ほとんどの時間を手すりにもたれかかってすごしていたからです。

おまけに、それでもまだ足らないとでも言うように、雨が降《ふ》りはじめました。すぐにヴォイテクの毛はずぶぬれになって、水をしたたらせた大きなモップのようなありさまになってしまいました。昼が近づくころ、デッキの上でまっすぐに立って元気に歩いているのは船長だけでした。船長は、あわれなクマがどうしているか、ようすを見に来たのでした。

「しんぼうだ、海グマ。〈待てば海路《かいろ》の日和《ひより》あり〉だぞ」船長は声をかけました。

そして、船長がそう言ってからまもなく、船のゆれがおさまってきました。一時間もすると、太陽が雲間から顔をのぞかせ、ヴォイテクは目に当てていた前足をどけました。

クマはいつもの元気を取りもどしました。いや、それ以上でした。彼《かれ》はまわりを見まわし、この何日間か自分がつながれているマストを、まるではじめて目にするかのように、ながめました。マストをじっくり見上げていたヴォイテクは、とつぜん、これによじ登ってみようと思い立ち、すぐに実行に移《うつ》しました。クマはこれ以《い》上《じょう》登れないところまで登りきると、すべり降《お》りました。ヴォイテクはこの遊びがすっかり気に入って、スタニスワフがマストの下から声をかけるまで何度もくり返していました。

「おれも死ぬかと思ったよ」スタニスワフはヴォイテクにささやきました。ヴォイテクはスタニスワフの胸《むね》に頭を押《お》しつけ、スタニスワフはクマの首筋《くびすじ》をかいてやりました。

「おい、おれたちは戦争《せんそう》に行くんだぞ」スタニスワフはだれにも聞こえないような小声で言いました。「おれは怖《こわ》いんだ。この船は、おれたちをまっすぐ地獄《じごく》の岸辺《きしべ》へ運ぼうとしている。だけど、いったいどこに地獄《じごく》にむかって旅をするバカがいる？　ふつうはその逆《ぎゃく》だろう？　まあ、おまえに言ってもわからないか。いや、わからないのも当然《とうぜん》だ。理解《りかい》できることなんてありゃしないんだから。意味なんかない。このいまいましい戦争《せんそう》には意味なんて全然《ぜんぜん》ないんだ」

スタニスワフが話しかけている間、ヴォイテクはすわりこんだまま、きょとんとした顔で相手を見つめていました。いつものスタニスワフなら、親しげに体を叩《たた》いたり、ピョートルが見ていないときにタバコをくれたり、次から次へ冗談《じょうだん》をとばしたり、取っ組み合いをして遊んだりしてくれました。けれども、今はちがっていました。

スタニスワフは静《しず》かに話し続《つづ》けました。「さっきの嵐《あらし》はなかなかすごかったな。だけどイタリアにも嵐《あらし》が待っているぞ。大きいのがな。本物の嵐《あらし》じゃないが、似《に》たようなもんだ。戦争《せんそう》の嵐《あらし》だ。その嵐《あらし》はだれもかれもを殺《ころ》して傷《きず》つける。気をつけないと、おれたちみんな吹《ふ》き飛《と》ばされて、跡形《あとかた》もなく消えちまうぞ」

ヴォイテクは前足をそっとスタニスワフにむかってのばしました。なぐさめようとしたのではなく、食べ物をねだったのです。スタニスワフはポケットからチョコレートを取り出して、ヴォイテクにやりました。

「いいか、ピョートルには言うなよ。あいつに教えるんじゃないぞ。おれが船を降《お》りるのを怖《こわ》がっているってことを」スタニスワフはささやきました。ヴォイテクはくちゃくちゃ音を立てながらチョコレートを食べていました。

「何を話していたんだ？」ピョートルが近づいて来て、スタニスワフの背中《せなか》をぽんと叩《たた》きました。

「何も」スタニスワフは答えました。

「大丈夫《だいじょうぶ》か？」

「ああ、もうすっかり元気だ」スタニスワフはにやりと笑《わら》いながら言いました。そして、何の心配事もないかのようにタバコに火をつけました。「ビールを飲みに行こうぜ」

けれども、結局《けっきょく》、行かずじまいになってしまいました。とつぜん、「おーい、陸《りく》だ！」とだれかがさけんだからです。

兵士《へいし》たちはこぞって右舷《うげん》に駆《か》けよりました。本当でした。陸地《りくち》です。おそい午後の陽射《ひざ》しを浴《あ》びながら、水平線の彼方《かなた》からイタリアが浮《う》かび上がってくるのが見えました。

兵士《へいし》たちは踊《おど》りはじめました。お互《たが》いの肩《かた》に手をまわして、歌いました。「ヨーロッパ、ヨーロッパ、おまえを救《すく》いにきたぞ！　おれたちゃ半分いかれてる。だけど、落ちこんでなんかいないぞ！」

スタニスワフは仲間《なかま》たちといっしょに歌い、踊《おど》りました。その顔は青ざめて、声はしわがれていました。けれども、みんな興奮《こうふん》していて、それに気づく者はいませんでした。

　三〇六号室のドアに耳を押《お》しつければ、別《べつ》のしわがれた声、年よりオウムの声が聞こえてきたことでしょう。その声はこんな言葉をくり返していました。

「ナチス、ゴー・ホーム！　ナチス、ゴー・ホーム！」

# 12 ヴォイテクの活躍《かつやく》

「おい、どくんだ！」ピョートルはトラックの窓《まど》から首を突《つ》き出して、どなりました。ピョートルとスタニスワフは弾薬《だんやく》を積《つ》みこみ、はじめて最前線《さいぜんせん》の戦場《せんじょう》に向かおうとしているところでした。ところが、宿営地《しゅくえいち》を出ようとすると、道をさえぎる者がいました。ヴォイテクです。

「おい、毛むくじゃらのクマ公！」スタニスワフもいっしょにどなりました。「そのでかい体をどかすんだ。おれたちは急いでいるんだから」

でも、ヴォイテクはまったく耳を貸《か》さず、車の前から一歩も動こうとはしませんでした。

ピョートルはトラックをバックさせました。それでもヴォイテクは前足でバンパーをつかんだまま離《はな》そうとしません。トラックが動くと、ヴォイテクは前へずるずると引きずられました。ピョートルはクマを引きずったまま四百メートルばかりバックしましたが、木にさえぎられて止まらざるを得《え》ませんでした。

「これじゃ、どこへも行けやしない」ピョートルが言いました。

「こうなるんじゃないかと思っていたよ」スタニスワフがため息をつきました。スタニスワフはこわい顔でヴォイテクをにらむと、言いました。「いいかげんにしないと、車でひいちまうぞ」

ヴォイテクは一歩も動かず、前足をボンネットの上にのせたまま、運転席《うんてんせき》をのぞきこんでいました。ピョートルは警笛《けいてき》を鳴らしました。でも、警笛《けいてき》の音を聞きなれているヴォイテクはまったく気にしませんでした。

「軽くぶつけてやれ。そうすればどくだろう」スタニスワフがピョートルに言いました。「絶対《ぜったい》にあいつを連《つ》れて行くわけにはいかない」

「本当にそれでいいのか?」ピョートルが言いました。

「何言ってるんだ。無事《ぶじ》にもどれるかどうか、わからないんだぞ」

「そうだな」

「途中《とちゅう》でふっ飛《と》ばされて木《こ》っ端微塵《ぱみじん》になるかもしれないんだ」

「わかってる」ピョートルが答えました。

スタニスワフはピョートルの顔を見ながら言いました。「泣《な》き出したりしないよな？」

ピョートルがだまったままでいると、スタニスワフは肩《かた》をすくめてトラックから降《お》りて、ドアを開けて言いました。「さあ乗れ、クマ公。地獄《じごく》行きの楽しいドライブに出発だ」それからピョートルのほうを向いて言いました。「忘《わす》れるな。決めたのはきみだからな。おれが止めなかったなんて言うなよ」

ヴォイテクはボンネットから前足を離《はな》すと、すばやく座席《ざせき》によじ登って、いつものようにふたりの間にすわりました。

「おい、クマ公。楽しいのは今だけだぞ。すぐに後悔《こうかい》することになるからな」スタニスワフが言いました。

そのとき、ロレクが走って来ました。「おい、何をやっているんだ？　ヴォイテクを置《お》いていけ！　連《つ》れて行くんじゃない」

スタニスワフはどなりました。「ほっといてくれ、ヴォイテクにとってもこのほうがいいんだ」

「だけど、戦場《せんじょう》に向かうんだぞ！」ロレクは言い返しました。

「忠告《ちゅうこく》ありがとう、ロリー。それでもヴォイテクは連《つ》れて行く。きみも兵士《へいし》だろうが。話の続《つづ》きは今晩《こんばん》もどってからにしよう。無事《ぶじ》にもどれたらな」

スタニスワフは窓《まど》からタバコを投げ捨《す》てると、ピョートルのほうを向いて言いました。「さあて、このさびさびのポンコツを走らせるとしようか」

「ありがとう」ピョートルがスタニスワフに言いました。

「なに、どういたしまして」スタニスワフが答えました。「このクマに何も起こらないようにきみが注意しているかぎり、おれはオーケーだ」

「ヴォイテクの安全を心配するなら、まずは窓《まど》から火のついたタバコを投げるようなことはやめてくれ。何を運ぶかわかっているだろう」

「後ろに積《つ》んである花火のことか？　わかった、わかった。そう心配しなさんな」

スタニスワフはそう言うと、別《べつ》のタバコに火をつけました。それをピョートルに渡《わた》そうとしましたが、ヴォイテクがスタニスワフの手からタバコをひったくって、口の中にほうりこんでしまいました。

「あきれたクマだ。まったく」スタニスワフがつぶやきました。


イタリアは冬でした。雨が降《ふ》り続《つづ》いているせいで、曲がりくねった道はぬかるみ、すべりやすくなっていました。ピョートルはトラックがスリップしないように、細心の注意を払《はら》いながら運転しました。トラックはのろのろと進みました。

一時間ばかり走り、ようやく道のりの半分まで来たとき、ピョートルとスタニスワフは、ブーンとうなるような大きな音を耳にしました。まだ距離《きょり》がありましたが、音はだんだん近づいてきました。

「まずいぞ。ドイツ軍《ぐん》の爆撃機《ばくげきき》だ」ピョートルが言いました。

「走り続《つづ》けろ」スタニスワフが答えました。

ふたりとも、しばらく口をききませんでした。ピョートルは道に目を凝《こ》らしていました。スタニスワフはヴォイテクの体にしがみついて、そっとクマを抱《だ》きしめていました。

最初の轟音《ごうおん》は近くから響《ひび》いてきました。地面がゆれ、ヴォイテクはピョートルのひざの上に乗っかろうとしました。

トラックは急に横にそれました。ピョートルは急ブレーキをかけ、スタニスワフは間一髪《かんいっぱつ》でヴォイテクを引きもどしました。トラックが道の真ん中で止まったときには、ヴォイテクはほとんどピョートルのひざの上に乗っていました。そのとき、二度目の轟音《ごうおん》が聞こえてきました。ヴォイテクはクンクン鳴きながら前足で頭を隠《かく》しました。

「どこか隠《かく》れるところを見つけなきゃ」ピョートルが言いました。

「だから言わんこっちゃない」スタニスワフが言いました。スタニスワフはヴォイテクをピョートルのひざの上から降《お》ろしました。ピョートルは隠《かく》れ場所をさがして、運転を続《つづ》けました。まもなく木々が横に張《は》り出した小道を見つけました。そこなら爆撃機《ばくげきき》から見えないはずです。トラックが止まると、ヴォイテクはすぐにピョートルのひざに乗りました。

「怖《こわ》がっているところをヴォイテクに見せるなよ。さもないと、ますますパニックになるぞ」ピョートルがスタニスワフに言いました。

「怖《こわ》がっている？　おれが？　おれは怖《こわ》がってなんかいないさ」スタニスワフは言い返しました。

「それならいい。ぼくも怖《こわ》くはない」

「ここは身を隠《かく》すにはもってこいの場所だな」

「ああ。心配するな。ここにいれば見つけられっこない。おい、タバコはあるかい？」スタニスワフはピョートルに一本渡《わた》すと、自分のタバコにも火をつけました。煙《けむり》が渦《うず》を巻《ま》きながら窓《まど》の外に逃《に》げていきました。雨はトラックを打ちつけていました。

「これはまだ序《じょ》の口だ」ピョートルはそう言って、タバコの煙《けむり》を深く吸《す》いこみました。

「おれに言ってるのか？」

窓《まど》の外に出していたせいで、スタニスワフのタバコは火が消えてしまいました。火をつけ直そうとしましたが、湿《しめ》っていてだめでした。新しいタバコを取り出すと、湿《しめ》ったほうをヴォイテクにやりました。

「ヴォイテクにタバコをやるのはよくないぞ」とピョートルが言うと、スタニスワフは、「こんなときに、タバコ一本くらいで小言を並《なら》べるのはやめてくれ」と言い返しました。ふたりが口げんかを続《つづ》けている間に飛行機《ひこうき》の音は消えていき、ヴォイテクは元の場所にすわり直しました。

「もう行っても大丈夫《だいじょうぶ》だと思うか？」スタニスワフが言いました。

「道に出てみればわかるさ」ピョートルは答えると、エンジンをかけました。

戦場《せんじょう》に近づくにつれて、目にする兵士《へいし》の数が多くなっていきました。遠くの方から機関銃《きかんじゅう》のタタタタという音が聞こえ、時折《ときおり》、爆発音《ばくはつおん》もしました。山の上で、男たちが命をかけて戦《たたか》っているのです。ドイツ軍《ぐん》に降伏《こうふく》する気配はありませんでした。彼《かれ》らはいかなる犠牲《ぎせい》を払《はら》っても首都ローマを死守《ししゅ》するつもりでした。だから、各地《かくち》から兵士《へいし》をかき集めてきて兵力《へいりょく》を増強《ぞうきょう》し、イタリア戦線《せんせん》での防備《ぼうび》を固《かた》めていました。

前に進むにつれ、ピョートルとスタニスワフは、道端《みちばた》に打ち捨《す》てられたジープの残骸《ざんがい》をあちこちで目にしました。ぬかるみの中に半分焼《や》け焦《こ》げた戦車《せんしゃ》がありました。トラックは焼《や》き尽《つ》くされた村々や崩《くず》れ落ちた農家の前を通りすぎました。

「まるで悪夢《あくむ》だ。ぞっとするような悪夢《あくむ》だ」ピョートルが言いました。

「夢《ゆめ》にしてはリアルすぎるけどな」スタニスワフが、茫然《ぼうぜん》とした顔で窓《まど》の外を見つめながら答えました。

後ろでクラクションが鳴るのが聞こえました。救急車《きゅうきゅうしゃ》が追い越《こ》そうとしているのでした。ピョートルがトラックを道路の端《はし》に寄《よ》せると、救急車《きゅうきゅうしゃ》は猛《もう》スピードで通りすぎて行きました。

「アレクサンドリアの港にいたやぶにらみの伍長《ごちょう》をおぼえているか？」スタニスワフが言いました。「あいつは、おれたちはまだ何も見ていないって言ったよな」

「ああ。たぶん彼《かれ》は正しかったよ」ピョートルはうなずきました。

最前線《さいぜんせん》に近い大きな宿営地《しゅくえいち》は、完全《かんぜん》な泥沼《どろぬま》と化していました。ピョートルはぬかるみの中を苦労《くろう》しながら進み、ほかのトラックの横に駐車《ちゅうしゃ》しました。まもなくロレク、ヤヌシュ、パヴェウも無事《ぶじ》にトラックで到着《とうちゃく》しました。みな再会《さいかい》を喜《よろこ》んでいました。

ヴォイテクは、わが家にもどったかのように、トラックのあいだをぶらぶらしていました。大勢《おおぜい》のアメリカ兵たちが、目を丸くしながら近よって来て、クマの名前をきいたり、「クッキーは食べるか」とたずねたりしました。すると、スタニスワフが答えました。「食べると思うよ。だけど、タバコか酒のほうがもっと好《す》きかもな」

それから、男たちはトラックから荷物《にもつ》を下ろしはじめました。

ポーランド第二軍団第二十二輸送中隊《だいにぐんだんだいにじゅうにゆそうちゅうたい》の兵士《へいし》たちは、貯蔵所《ちょぞうしょ》までトラックを一列に並《なら》べました。彼《かれ》らはトラックの前に一列に並《なら》んで砲弾《ほうだん》を順々《じゅんじゅん》に手渡《てわた》していきました。ヴォイテクは離《はな》れたところからしばらくそのようすをながめていましたが、やがて、ピョートルとスタニスワフのところに駆《か》けよって行き、列に並《なら》んでいるふたりの間に割《わ》りこみました。

「こんどは何をする気だ、このクマは?」スタニスワフはため息まじりに言いました。

「いや、きっと手伝《てつだ》いたいんだ」ピョートルが言いました。

「まさか」スタニスワフが答えました。「いっしょに連《つ》れて来るだけならまだしも、これを運ばせるなんてとんでもない。もしもあいつが落っことしたりしたら、おれたちは空までふっ飛《と》ばされちまうぞ」

「どうしたんだ?」ピョートルはたずねました。「イタリアに着いてから、なんだか元気ないじゃないか」

スタニスワフは肩《かた》をすくめました。

「おじけづいてるんじゃないよな?」ピョートルが言いました。

「もちろん」スタニスワフは答えました。「さあ、作業を続《つづ》けるぞ」

ピョートルは考えこむようにスタニスワフの顔を見つめました。でも、それはほんの少しの間だけでした。次の砲弾《ほうだん》が列を流れてまわってきたからです。ピョートルはとなりの兵士から砲弾《ほうだん》を受け取ると、ヴォイテクのところまで運びました。すると、ヴォイテクはピョートルから受け取った砲弾《ほうだん》を持って、スタニスワフのところまでよたよた歩いて行きました。そして、受け取ったスタニスワフは、首を振《ふ》りながらパヴェウに渡《わた》しました。パヴェウはヤヌシュに渡《わた》し、ヤヌシュはロレクに渡《わた》し、そんな具合に砲弾《ほうだん》は順々《じゅんじゅん》に手渡《てわた》されていきました。

何もかも順調《じゅんちょう》に進んでいましたが、やがて突然《とつぜん》、列に並《なら》んだ兵士《へいし》たちの間にざわめきが走りました。数人の男たちがやって来たからです。その中には上級将校《じょうきゅうしょうこう》もいました。砲弾《ほうだん》を抱《かか》えていない兵士《へいし》たちは、みんなさっと〈気をつけ〉の姿勢《しせい》を取りました。ところが、兵士《へいし》たちにむかって敬礼《けいれい》をした将校《しょうこう》の動きがぴたっと止まりました。口をあんぐり開けて、顔からは血の気が引いていました。その上級将校《じょうきゅうしょうこう》は大隊長《だいたいちょう》でした。けれども彼《かれ》は、一瞬《いっしゅん》、自分の階級を忘《わす》れ、自制心《じせいしん》と冷静《れいせい》さを失《うしな》いま

した。目の前に、身の丈《たけ》が一メートル八十センチはある、大きなクマが立っていたからです。しかも、そのクマは前足で大きな砲弾《ほうだん》を抱《かか》えていました。

「こ、これは一体どういうことだ?」

大隊長《だいたいちょう》はさけびました。

兵士《へいし》たちはみなその場で凍《こお》りつきました。スタニスワフとピョートルも何と答えていいかわかりませんでした。

「どうした? 早く説明《せつめい》しろ!」大隊《だいたい》長《ちょう》は大声をとどろかせました。

その場はふたたび水を打ったように静《しず》まり返りました。

「なぜ黙《だま》っておる？」

ロレクが一歩前に出て、説明《せつめい》をはじめました。「大隊長殿《だいたいちょうどの》のご懸念《けねん》はよく理解《りかい》できます。ですが、このクマは人に慣《な》れているので、大丈夫《だいじょうぶ》であります。彼《かれ》は二等《にとう》兵《へい》として正式にポーランド第二軍団《だいにぐんだん》に登録《とうろく》されております。中東《ちゅうとう》で訓練《くんれん》を受け、経《けい》験豊《けんゆた》かで有能《ゆうのう》な輸送中隊《ゆそうちゅうたい》の一員です。ですので、大隊長殿《だいたいちょうどの》は彼《かれ》を怖《おそ》れる必要《ひつよう》はまったくありませんし、お顔を拝見《はいけん》するかぎり、彼《かれ》のほうもあなたを怖《おそ》れる必要《ひつよう》はないものと思います」

説明《せつめい》を終えると、ロレクは列にもどりました。しばらくのあいだ聞こえるのは、前線から響《ひび》いてくる機関銃《きかんじゅう》の音だけでした。

すると、大隊長《だいたいちょう》は咳払《せきばら》いをし、こんな無責任《むせきにん》な行為《こうい》は断《だん》じて許《ゆる》すわけにはいかない、と告《つ》げました。

「ご心配はごもっともです」ロレクが前へ出て言いました。「ですが、今は人の力だろうがクマの力だろうが、使えるものは何でも使うべきときです。誓《ちか》って申し上げますが、このクマは無害《むがい》です。請《う》け合います。クマは常《つね》に軍規《ぐんき》に従《したが》って行動しております。名前はヴォイテクです」

列の端《はし》のほうにいる男たちは、作業が途中《とちゅう》で止まっていることは知りませんでした。だから、砲弾《ほうだん》は列の途中《とちゅう》でたまっていきました。そして、ヴォイテクには作業を中断《ちゅうだん》する理由がわからなかったので、落ち着いたようすでスタニスワフのところに歩いて行き、新しい荷物《にもつ》を渡《わた》すと、別《べつ》の砲弾《ほうだん》を受け取りにもどりました。こうなると、スタニスワフは作業にもどるしかありませんでした。

もう大隊長《だいたいちょう》に注意を払《はら》う者はいませんでした。大隊長《だいたいちょう》は茫然《ぼうぜん》とクマをながめていました。そして、クマが実に慎重《しんちょう》に砲弾《ほうだん》を運んでいるのがわかると、かすかな笑《え》みが顔に浮《う》かびました。けれども、それに気づく者はいませんでした。みな危険《きけん》な任《にん》務《む》に意識《いしき》を集中していたのです。もしも列のどこかで砲弾《ほうだん》を落としてしまったりすれば、その場にいる兵士たち全員が吹《ふ》き飛《と》んでしまうかもしれないからです。

こうして、ヴォイテクは砲弾《ほうだん》を運ぶクマとして知られるようになりました。

# 13 クレーン車の上で

ドイツ軍《ぐん》は山中に潜伏《せんぷく》していました。堅固《けんご》な岩山に立てこもっている彼《かれ》らを打ち破《やぶ》ることはできませんでした。連合国軍《れんごうこくぐん》は死力を尽《つ》くして戦《たたか》っていましたが、戦《たたか》いは膠着《こうちゃく》状態《じょうたい》におちいっていました。

雨が降《ふ》り続《つづ》いていました。道路は泥水《どろみず》の川に変わり、テントもみな水浸《みずびた》しになりました。南イタリアはもう春だというのに、まだとても寒く感じられました。

毎日、たくさんの爆弾《ばくだん》が空から降《ふ》ってきました。爆弾《ばくだん》が何かに命中すると、救《きゅう》急車《きゅうしゃ》が道路を走って行きました。目標《もくひょう》に外れたときは、あたりに不気味《ぶきみ》な静《しず》けさが漂《ただよ》いました。

輸送中隊《ゆそうちゅうたい》の男たちは、来る日も来る日も、積荷《つみに》を最前線《さいぜんせん》の兵士《へいし》たちに届《とど》け続《つづ》けていました。軍隊《ぐんたい》はさらに多くの弾薬《だんやく》、油、ガソリン、あらゆる種類《しゅるい》の装備《そうび》を必要《ひつよう》としていました。輸送中隊《ゆそうちゅうたい》は、死傷者《ししょうしゃ》の代わりを務《つと》める別《べつ》の兵士《へいし》たちも運んでいました。

荷降《にお》ろしを手伝《てつだ》わないときには、ヴォイテクはお気に入りの木の上にすわって、爆撃《ばくげき》の傷跡《きずあと》が残《のこ》る風景《ふうけい》を何時間でもながめていました。枝《えだ》の上で体をゆすったり、灌木《かんぼく》を引き抜《ぬ》いて、それをバラバラに引き裂《さ》いたりすることもありました。

「エネルギーの無駄《むだ》づかいだぞ。その力をドイツ人に向けるべきだな」あるとき、スタニスワフはヴォイテクに言いました。

「あるいはカシカにな。あのサルは、昨晩《さくばん》また倉庫《そうこ》をめちゃくちゃにしたそうだ」

ヤヌシュが言いました。

「カシカが悪いんじゃない」ロレクが言いました。「どうしてあのサルはあんなことをすると思う？　カシカには連《つ》れ合いが必要《ひつよう》なんだ」

みんなが驚《おどろ》いたようにロレクを見ました。

「連《つ》れ合いだって？」

ロレクは肩《かた》をすくめ、銃弾《じゅうだん》の入った箱を肩《かた》に担《かつ》ぎ上げると、倉庫《そうこ》に運んで行きました。

それが彼《かれ》らの毎日でした。荷物《にもつ》を抱《かか》え、トラックで運び、また抱《かか》え、トラックで運ぶ。兵士《へいし》たちは忙《いそが》しくて、ヴォイテクにかまっている暇《ひま》はありませんでした。クマは自由にやりたいことをしていました。

そしてある日、例《れい》によって、顔をくもらせた一人の兵士《へいし》がピョートルたちのところにやって来ました。

「まさか」ピョートルがつぶやきました。

「あのクマはきみたちのか？」アメリカ人の兵士《へいし》がたずねました。

「ああ、またか」スタニスワフが言いました。

ピョートルとスタニスワフは、不安《ふあん》な面持《おもも》ちで、そのアメリカ人の兵士《へいし》とともにジープに乗りこみました。一行は山道を進めるところまで下って行きました。道には、見渡《みわた》すかぎり、アメリカ軍《ぐん》の車両《しゃりょう》が長い列を作っていました。ジープは、クラクションを鳴らしながら、トラックの横を通りすぎて行きました。

「見たかね？　みな、あのクマのせいだ！」アメリカ兵は言いました。

丘《おか》のふもとに、一台の大きなクレーン車が停《と》まっていました。そのまわりに何百人もの兵士《へいし》たちが集まって、頭上を見上げていました。

「なんてこった！」ピョートルとスタニスワフは同時に声を上げました。ヴォイテクがクレーンの上をすべっていたのです。まるで遊園地のすべり台のように。兵士《へいし》たちは手を叩《たた》いて声援《せいえん》を送っていました。ヴォイテクは地上の群衆《ぐんしゅう》を見下ろしていました。クマのうれしそうな顔から、ヴォイテクはクレーンの上で最高《さいこう》の気分でいるのが、ピョートルにはわかりました。

拍手《はくしゅ》がしだいにおさまると、ヴォイテクはもう一度クレーンの上部までもどって、ショーを続《つづ》けました。これほどたくさんの観客《かんきゃく》を前にするのは、はじめてのことでした。クマは前足でクレーンのアームにぶら下がると、体をゆらゆらゆらしました。これに、観客《かんきゃく》たちはいっそう大きな拍手《はくしゅ》を送りました。

そのころには憲兵隊《けんぺいたい》が到着《とうちゃく》して、警笛《けいてき》を鳴らしていました。でもそれは、ヴォイテクをますます興奮《こうふん》させただけでした。クマは技《わざ》の難度《なんど》を上げることにしました。片手《かたて》でぶらさがって見せたのです。ピョートルとスタニスワフはぞっとしました。ヴォイテクは、葉を落とした木に最後《さいご》に残《のこ》ってゆれている木の葉のようでした。拍《はく》手《しゅ》はいっそう大きくなりました。

「もしあいつがおっこちたら、地面に大きな穴《あな》があくだろうな」スタニスワフが言いました。ピョートルは言葉が出ずに、ただうなずくだけでした。

憲兵《けんぺい》たちがふたりのところにやって来て、曲芸《きょくげい》グマを降《お》りてこさせる方法をたずねました。

「では、まず兵士《へいし》たちに拍手《はくしゅ》をするのをやめさせてください」ピョートルが言いました。

「ほかにもっといい案《あん》はないのかね？」憲兵《けんぺい》の一人が言いました。

「声援《せいえん》がやめば、クマはつまらなく思って、降《お》りて来るでしょう」スタニスワフが答えました。

ところが、憲兵隊《けんぺいたい》の努力《どりょく》もむなしく、拍手《はくしゅ》をやめる者はいませんでした。これまでずっと暗《あん》たんとした日々を送ってきた兵士《へいし》たちにとっては、久々《ひさびさ》に楽しい気分にさせてくれる絶好《ぜっこう》の機会《きかい》だったからです。

ピョートルは一台のトラックの上によじ登ると、ヴォイテクにむかって、すぐに降《お》りて来るよう、さけびました。ところが、ほかの兵士《へいし》たちは、クマにむかって「アンコール！」とか、「もっとやれ！　もっとやれ！」とかさけんで、ショーを続《つづ》けるように催促《さいそく》しました。

ヴォイテクはクレーンのてっぺんにもどると、別《べつ》の芸《げい》に取りかかりました。ジブと呼《よ》ばれるクレーンの一番上の部分に仰向《あおむ》けに寝《ね》そべったのです。クマは非常《ひじょう》にリラックスしているように見えました。ふたたび大きな拍手《はくしゅ》がわき起こりました。

「アンコールには何をやるつもりだ？　逆立《さかだ》ちか？」ピョートルがスタニスワフに言いました。ヴォイテクはそのころ、よく逆立《さかだ》ちをしていたのです。その芸《げい》は、パヴェウとスタニスワフが山ほどのビールをごほうびにして根気よく教えこんだのです。

憲兵《けんぺい》たちも、口をあんぐり開けてクマを見上げていました。ほかにクマを降《お》りて来させる方法《ほうほう》を思いつかないスタニスワフは、「ビールを見つけてこよう」と提案《ていあん》しました。

ビールを手に入れたスタニスワフとピョートルがトラックに乗りこむころには、ヴォイテクは滑車《かっしゃ》にむかってジブの上をよたよた歩いていました。観客《かんきゃく》たちのいる地上は水を打ったような静《しず》けさで、兵士《へいし》たちはみな息を止めていました。

スタニスワフは、このときを利用《りよう》してさけびました。「ヴォイテク！　ビールはほしくないか？」

ヴォイテクはスタニスワフの声に気づきました。でもクマは一瞬《いっしゅん》もためらいませんでした。頭を下にすると、後ろ足を宙《ちゅう》にむかって蹴《け》り上げたのです。「ああ、やめろ！」ピョートルがうめきました。次の瞬間《しゅんかん》、ヴォイテクはクレーンのジブの上で逆立《さかだ》ちして、空中で後ろ足をゆらしていました。観客《かんきゃく》は「おおーっ！」と、どよめきました。

ヴォイテクは、ショーの締《し》めくくりに、クレーンを腹《はら》ばいですべり下りると、拍《はく》手喝采《しゅかっさい》を浴《あ》びながら、ビールを受け取りました。

「これからは鎖《くさり》でつないでおかなきゃな」トラックにもどる途中《とちゅう》、ピョートルはスタニスワフに言いました。

「ふーん、そうかい。前にもそう言っていたよな」スタニスワフは、ヴォイテクのお腹《なか》をくすぐりながら言いました。

「こんどこそ本気だ。もうこりごりだ」

その晩《ばん》の食堂《しょくどう》は、ヴォイテクの悪ふざけの話でもちきりでした。

「まったく曲芸師《きょくげいし》顔負けだった」スタニスワフが誇《ほこ》らしげにいいました。

「じゃあ、いつでもサーカスに売れるな」パヴェウが言いました。

「あのサルもおまけにつけてやるか」とヤヌシュ。

「ところで、やっこさんはどこだ？」ロレクがたずねました。

「さあね。ピョートルは鎖《くさり》でつなぐと言っていたけど。だろ？」スタニスワフが言いました。ピョートルは目を閉《と》じて、ため息をつきました。ピョートルはみんなに、今夜か、少なくとも明日にはかならずそうするから、と言いました。

「約束《やくそく》するか？」スタニスワフがたずねました。

「約束《やくそく》する」ピョートルが答えました。

# 14 つらい現実《げんじつ》

ヴォイテクは兵士《へいし》たちといっしょにビールを楽しんでいました。ピョートルはクマの手から瓶《びん》を取り上げようとしましたが、できませんでした。ヴォイテクは、ビールをつかんだまま、ピョートルの手が届《とど》かない高さに瓶《びん》を持ち上げたからです。

空にはいちめん星が輝《かがや》き、山の上には、錨《いかり》を下ろしたボートのように、月がかかっていました。宿営地《しゅくえいち》の兵士《へいし》たちは歌を歌い、浮《う》かれていました。あたりは、それまでになかった音で満《み》ちていました。コオロギの声、小さな羽虫《はむし》の立てる音、フクロウの鳴き声、そして兵士《へいし》たちの笑《わら》い声。だれもが長いあいだ忘《わす》れていたものでした。

ポーランド第二《だいに》軍団《ぐんだん》輸送《ゆそう》中隊《ちゅうたい》の男たちは祝杯《しゅくはい》を上げていました。彼《かれ》らは連合国《れんごうこく》

軍《ぐん》と力を合わせ、南イタリアの山中から敵《てき》を追い払《はら》ったのです。ローマへの道がついに開けました。

ドイツ軍《ぐん》は自分たちの国のほうへ、どんどん退却《たいきゃく》していました。これで戦争《せんそう》が終わったわけではありません。でも少なくとも、連合国軍《れんごうこくぐん》は前進しつつあったのです。

「これでしばらくは自由に息ができるな」パヴェウが言いました。

「ああ」スタニスワフがうなずきました。「爆弾《ばくだん》にやられる前に、ザウアークラウト*の悪臭《あくしゅう》で息がつまって死んでしまうところだったからなあ」

「あんまり浮《う》かれるな。先はまだ長いんだから」ロレクが言いました。

「おい、ロレク。せっかくのいい気分を台なしにするなよ。一晩《ばん》くらいお祝《いわ》いしたっていいじゃないか」スタニスワフが言いました。

＊ザウアークラウト…千切りのキャベツを塩漬《しおづ》けにして発酵《はっこう》させた酸味《さんみ》のある漬物《つけもの》で、ドイツの伝統的《でんとうてき》な料理《りょうり》。「酸《す》っぱいキャベツ」という意味。ここでは、ドイツ人に対する蔑称《べっしょう》の意味合いがこめられている。

「これがお祝《いわ》いと言えるならな」ロレクがぽつりと言いました。

でも、だれもロレクがつぶやいた言葉を聞いてはいませんでした。不意《ふい》に暗闇《くらやみ》から軍曹《ぐんそう》が現《あら》われ、兵士《へいし》たちの目はそちらのほうに向けられたからです。コヴァルスキ軍曹《ぐんそう》は、大佐《たいさ》が視察《しさつ》に来ることを伝《つた》えに来たのです。軍曹《ぐんそう》は部下たちに、翌朝八時には部《ぶ》隊《たい》の全員がきちんと整列していること、靴《くつ》、ボタン、武器《ぶき》、そのほか何もかもピカピカにして、一分のすきもなく身支度《みじたく》しておくことを命じました。

「諸君《しょくん》！」話の締《し》めくくりに、軍曹《ぐんそう》は声を張《は》り上げました。「寝《ね》ぼけ顔や無精《ぶしょう》ひげをはやした顔は見せてはならんぞ。それから、クマには行儀《ぎょうぎ》よくさせるように」軍《ぐん》曹《そう》は最後《さいご》の指示《しじ》を伝《つた》えると、ピョートルにむかってうなずきました。

「わかりました、軍曹殿《ぐんそうどの》」ロレクが言いました。

「このおべっか使いめ」軍曹《ぐんそう》が立ち去ると、スタニスワフがロレクに毒《どく》づきました。

「ふたりともけんかはやめろ」ピョートルが間に割《わ》って入りました。でもスタニスワフは、ロレクが悪いのだと言い返しました。

「みんなのお祝《いわ》い気分に水をさしたかと思うと、こんどはコヴァルスキのご機嫌取《きげんと》りだ。うんざりするよ。本当はドイツ人じゃないのか？」スタニスワフは言いました。

ロレクはゆっくりと立ち上がると、拳《こぶし》を握《にぎ》りしめながらスタニスワフのほうへ歩みよりました。そんな顔をしたロレクを見るのははじめてでした。

「今、なんて言った？」ロレクは言いました。つぶやくような小さな声でしたが、みんなには聞こえました。急にしーんと静《しず》かになったからです。静寂《せいじゃく》の中で、コオロギだけが平然《へいぜん》と鳴き続《つづ》けていました。

その数日前、戦《たたか》いが重大な局面を迎《むか》えていたころ、ロレクは、別《べつ》の宿営地《しゅくえいち》にいる二名の兵士《へいし》を輸送《ゆそう》するために、ひとりでジープを運転して出かけました。ごく単《たん》純《じゅん》な任務《にんむ》でした。『楽な仕事だ』ロレクはそう思いました。待ち合わせの場所までやって来たとき、ふたりの兵士《へいし》はすでに彼《かれ》を待っていました。ジープが角を曲がると、ふたりは手を振《ふ》りました。

そのとき突然《とつぜん》、耳をつんざくような爆発音《ばくはつおん》がしました。空気、地面、あらゆるものが激《はげ》しくゆれました。炎《ほのお》が空に向かってぱっと立ちのぼったかと思うと、泥《どろ》や石や砂利《じゃり》や木の枝《えだ》がパラパラと降《ふ》ってきました。ロレクは運転席《うんてんせき》で、両手で頭をおおって身を丸めました。ジープのフロントガラスは真っ黒になりました。あたり一面、何もかもが砂《すな》をかぶっていました。口の中まで砂《すな》でじゃりじゃりしました。

ジープから出たロレクは、助けを求《もと》めて宿営地《しゅくえいち》に走りました。けれども、助けは必要《ひつよう》ありませんでした。ほんの少し前までそこに立って手を振《ふ》っていたふたりの兵《へい》士《し》は影《かげ》も形もなくなっていました。砲弾《ほうだん》はまさに彼《かれ》らの足元に落ちたのです。

その日の午後、ロレクはジープで自分の宿営地《しゅくえいち》にもどりました。司令官《しれいかん》にはことのてん末《まつ》を報告《ほうこく》しましたが、ほかの者には何も話しませんでした。それに、何が言えたでしょう？　こんなことは戦争《せんそう》では当たり前のことなのです。兵士《へいし》が死んだくらいで泣《な》く者などいません。大事なのは生き延《の》びることでした。死んでしまえば、何の価値《かち》もなくなって、もう気にとめてはもらえないのです。

それでも今、ロレクは拳《こぶし》を握《にぎ》りしめてスタニスワフの前に立っていました。そして、スタニスワフには、ロレクが真剣《しんけん》なのがわかりました。

「すまない。おれはただ……」言いかけて、スタニスワフは言葉に詰《つ》まりました。

「これまで、いったいどれだけの人間が理由もなく吹《ふ》っ飛《と》ばされたか、知ってるか？」

「すまない、ロレク」スタニスワフはもう一度謝《あやま》ろうとしました。

「どれだけの命がこの戦争《せんそう》で奪《うば》われたか、わかっているのか？」

「落ち着け。おれは、ちょっと愉快《ゆかい》にすごそうとしただけだ」

「そこに立っていたふたりの若者《わかもの》が、次の瞬間《しゅんかん》には木っ端微塵《こぱみじん》に吹《ふ》き飛《と》ばされて、体のかけらが木の上にひっかかっていたんだ。それがどんなことかわかるか？」

「いったい何の話をしている？」

「このお祝《いわ》いの話をしているんだ。きみが今夜開こうとしているパーティー、ちっともお祝《いわ》いなんかじゃないお祝《いわ》いの話をしているんだ。数日前にぼくが拾い上げることになっていた若者《わかもの》たちの話を。もしぼくがあと五分早く着いていたら、あのふたりは、今ごろぼくたちといっしょにここにすわっていただろうに」

ほかの者はみなぽかんとしてロレクを見つめていました。彼《かれ》らは、ロレクが話している若者《わかもの》たちとはだれなのか、たずねました。けれどもロレクは自分の足元を見つめて、何も言いませんでした。彼《かれ》の拳《こぶし》は握《にぎ》りしめられたままでした。

だれも動こうとはしませんでした。そのとき、ロレクは何かが自分の背中《せなか》を押《お》すのを感じました。クマでした。大きな頭をロレクの肩甲骨《けんこうこつ》の間にこすりつけているのでした。

ヴォイテクは後ろ足で立って、ロレクとスタニスワフの間に割《わ》りこみました。まるでけんかをする息子《むすこ》たちを引き離《はな》そうとしている父親のようでした。

「ロル」スタニスワフが静《しず》かに言いました。「おい、ロル、どうして今になっておれたちに話すんだ?」ヴォイテクはその場に立ったまま、ロレクの顔を見て、それ

からスタニスワフの顔を見て、そしてまたロレクの顔を見ました。

「ぼくよりも若《わか》かった。こんなの不公平《ふこうへい》だろう」ロレクが言いました。

「戦争《せんそう》は不公平《ふこうへい》なものだ」スタニスワフが答えました。

「目を閉《と》じると、あのふたりの兵士《へいし》がぼくに手を振《ふ》っているのが見えるんだ」

ピョートルがロレクのところに歩みよりました。ヤヌシュとパヴェウも続《つづ》きました。みんなロレクの背中《せなか》を叩《たた》きました。

「だけど目を開けると、彼《かれ》らはいない……ぼくを待っていたんだ。なのに、先に着いたのは砲弾《ほうだん》だった」ロレクはいつもの表情《ひょうじょう》にもどりました。もう拳《こぶし》を握《にぎ》りしめてはいませんでした。

だれもがしばらく何も言わずに立っていました。やがてピョートルが口を開きました。

「ぼくはしばらく前にブーツを見たよ。ブーツにはまだだれかの足が入っていた」

その話を聞くと、何人かの兵士《へいし》が「おれたちも見た」と言いました。「ぼくは別《べつ》の日に何を見たと思う?」パヴェウが言いました。「口にタバコをくわえたまま死んでいる兵士《へいし》だ。タバコにはまだ火がついていた。横向きに横たわっていたんだ。うたた寝《ね》でもしているみたいに。でも、額《ひたい》には撃《う》ちこまれたばかりの銃《じゅう》弾《だん》の跡《あと》があった」

「ああ」スタニスワフがため息をつきました。「なあ、ロレク、こうは言えないか?　もしきみが五分早く着いていたら、その兵士《へいし》たちは生きていたかもしれない。だけどもしきみが一分早く着いていたら、木にはきみのかけらもいっしょにひっかかっていただろう。だれのものか区別《くべつ》がつかない状態《じょうたい》で」

ロレクはうなずきました。

「何のなぐさめにもならないかもしれないが、死んだ人間は救《すく》えないんだ」スタニスワフが言いました。

ロレクはふたたびうなずきました。「だけど、そう簡単《かんたん》には割《わ》り切れない」しばらくしてロレクは言いました。

「ああ、戦争《せんそう》は簡単《かんたん》じゃない」スタニスワフはブーツでタバコの火を踏《ふ》み消すと、ロレクの肩《かた》をぎゅっとつかんで自分のテントに向かいました。

ほかの兵士《へいし》たちも同じようにしました。タバコを吸《す》い終えると、ロレクの背中《せなか》を叩《たた》いて、それぞれのテントに向かいました。明日は、大佐《たいさ》の視察《しさつ》に備《そな》えて早起きしなくてはいけません。

ロレクがベッドの中で身を丸めたとき、テントの外で何かが動く物音がしました。『何だろう？』と見に行くと、ヴォイテクがテントの垂《た》れ布《ぬの》の下に鼻を突《つ》っこんで、テントの中にもぐりこもうとしていました。その夜だけは、ヴォイテクはピョートルのそばではなく、ロレクによりそって寝《ね》たのでした。

# 15 ローマへ

次の日の朝、男たちはきちんと列を作って並《なら》んでいました。大佐《たいさ》が到着《とうちゃく》すると、兵士《へいし》たちは全員さっと〈気をつけ〉の姿勢《しせい》を取りました。二等兵《にとうへい》たちはもちろん、軍曹《ぐんそう》に、少尉《しょうい》や中尉《ちゅうい》、それに中隊長《ちゅうたいちょう》の大尉《たいい》も〈気をつけ〉の姿勢《しせい》をしていました。胸《むね》にたくさんの勲章《くんしょう》を飾《かざ》った、えらい上級将校《じょうきゅうしょうこう》がジープから降《お》りると、全員が敬《けい》礼《れい》をしました。ヴォイテク二等兵《にとうへい》だけが、お腹《なか》をぼりぼりかいていました。

「かくのをやめろ!」ピョートルが小声でしかりました。そして、ヴォイテクの首に結《むす》んだ、取っておきの赤いきれいなネクタイをぐいっと引っ張《ぱ》りました。

けれどもヴォイテクには、お腹《なか》をかいてはいけない理由がわかりませんでした。お腹《なか》をかくのはそんなに悪いことなのでしょうか?

大佐《たいさ》は、兵士《へいし》たちをながめながら歩いて行きました。時々うなずき、きびきびと敬礼《けいれい》をしながら、軍人《ぐんじん》らしい非《ひ》の打ちどころのない姿勢《しせい》で、兵士《へいし》たちの前を進んで行きました。

ヴォイテクを目にとめると、立ち止まりました。

「ああ、これが例《れい》の砲弾運搬員《ほうだんうんぱんいん》か」大佐《たいさ》のいかめしい表情《ひょうじょう》が和《やわ》らぎました。大佐《たいさ》はヴォイテクに近よりました。クマはすぐにお腹《なか》をかくのをやめたので、ピョートルはほっとしました。

「このクマのうわさはよく聞いている。ようやく直《じか》に会うことができて実にうれしい」

大佐《たいさ》に付《つ》きそっていた中隊長《ちゅうたいちょう》のブロジェク大尉《たいい》は、「ヴォイテクはポーランド第《だい》二軍団《にぐんだん》の正式な一員なのです」と誇《ほこ》らしげに説明《せつめい》しました。

大佐《たいさ》は笑《わら》いながらうなずき、兵士《へいし》たち全員に聞こえるように、大きな声で言いました。

「諸君《しょくん》、このクマがけっして忘《わす》れられることがないようにしよう。わしが約束《やくそく》する」そしてふたたび歩き出し、視察《しさつ》を続《つづ》けました。

「どういう意味かな？」スタニスワフがささやきました。

「さあな」ピョートルが答えました。

中隊長《ちゅうたいちょう》がにらみつけたので、ふたりは口を閉《と》じました。その朝、中隊長《ちゅうたいちょう》は部下たちに、きわめて厳《きび》しい口調で言いつけていました。

「何が起こっても、気をつけの姿勢《しせい》でいるのだ。たとえ、風速十二の風が吹《ふ》いてテントが宙《ちゅう》に吹《ふ》き飛《と》ばされようとも、銃弾《じゅうだん》のように大きな雹《ひょう》が空から降《ふ》ってこようとも、ぴくりとも動いてはならん。音をたてるのもだめだ。わかったか？」

「わかりました、大尉殿《たいいどの》！」兵士《へいし》たちは声をそろえて答えたのでした。

大佐《たいさ》がテントやトラック、調理場、武器庫《ぶきこ》などを視察《しさつ》に行っている間、兵士《へいし》たちは、声はもちろん物音ひとつたてずに、〈休め〉の姿勢《しせい》で立っていました。いつまでも待たされるので、ヴォイテクはあくびをして、すわりこんでしまいました。

ピョートルとスタニスワフは、ほかのすべての兵士《へいし》たちと同じように、まっすぐに前を向いていました。と、そのとき、ざわめきが兵士《へいし》たちの列に走りました。全員がふり向きました。

最初《さいしょ》に、中隊長《ちゅうたいちょう》が走ってくるのが見えました。そのあとを大佐《たいさ》が追いかけていました。大佐《たいさ》の頭がつるっ禿《ぱ》げなのが、すぐにわかりました。いったいベレー帽《ぼう》はどうしたんだろう？　と思う間もなく、スターリンが駆《か》け抜《ぬ》けました。スターリンの背中《せなか》にはサルのカシカが乗っていました。サルは片手で犬の首輪《くびわ》をつかみ、もう一方の手で頭に載《の》せた大佐《たいさ》のベレー帽《ぼう》を押《お》さえていました。

事情《じじょう》はまたたくまに兵士《へいし》たちの間に広がりました。サルが木から飛《と》び降《お》りて、大《たい》佐《さ》のベレー帽《ぼう》を奪《うば》ったのです。兵士《へいし》たちはすぐに笑《わら》いはじめ、まもなく、ちゃんとした姿勢《しせい》を続《つづ》けている者はいなくなりました。彼《かれ》らは、この面白《おもしろ》い見物《みもの》を見逃《みのが》すまいと、首をのばしました。

「気をつけ――え！」中隊長《ちゅうたいちょう》がかんかんになってさけびました。彼《かれ》は兵士《へいし》の一人にカシカを追いかけるように命じました。しばらくしてカシカは連《つ》れずに、ベレー帽《ぼう》だけを持って兵士《へいし》がもどって来たとき、中隊長《ちゅうたいちょう》はまだぷりぷりしていました。

中隊長《ちゅうたいちょう》は何度も大佐《たいさ》に謝《あやま》っていました。その顔からは汗《あせ》が滴《したた》っていました。

大佐《たいさ》は、謝罪《しゃざい》するのをやめさせてから、中隊長《ちゅうたいちょう》に言いました。

「きみはサーカスをはじめるべきだな」

「はあ？」中隊長《ちゅうたいちょう》は顔を赤くしながらき

き返しました。

「サーカスをはじめるべきだ」大佐《たいさ》はもう一度言いました。

兵士《へいし》たちの間からくすくす笑い声が上がりました。

「命令《めいれい》を忘《わす》れたか！　静《しず》かにしろ！　何があっても」中隊長《ちゅうたいちょう》は部下たちを黙《だま》らせました。

兵士《へいし》たちは笑《わら》うのをやめて、まっすぐ前を向きました。

「サーカスですか？　いったいどういう意味でしょう？」中隊長《ちゅうたいちょう》はたずねました。

その声にはむっとしたような響《ひび》きがありました。

「はて、その意味は明らかではないかね」大佐《たいさ》は答えました。しゃべりながら、大《たい》佐《さ》の目はまっすぐスタニスワフのほうに向けられていました。

スタニスワフはますます背筋《せすじ》をぴんとのばすと言いました。「大尉殿《たいいどの》、大佐殿《たいさどの》は、あなたにはりっぱなサーカスの団長《だんちょう》が務《つと》まるとおっしゃっておられるのです。砲弾《ほうだん》を運ぶクマと、ベレー帽《ぼう》をかぶり、犬にまたがって走りまわるサルを出し物にして」

一瞬《いっしゅん》、その場は静《しず》まり返りました。ロレクは緊張《きんちょう》のあまり、もう少しで気絶《きぜつ》しそうでした。ピョートルは息をするのを忘《わす》れていました。スタニスワフは自分の発言に驚《おどろ》いて、とつぜん木の葉のように震《ふる》えはじめました。

「そのとおりだ」大佐《たいさ》は中隊長《ちゅうたいちょう》にむかってどなりました。「わたしが言いたかったのはそういうことだ。戦争《せんそう》が終わったら、きみはこの動物たちを連《つ》れて巡業《じゅんぎょう》に出られるぞ。テントはすでにあるから、あとは飾《かざ》りつけをして、地面に砂《すな》とおがくずを撒《ま》けばいいだけだ！」

こんどは兵士《へいし》全員《ぜんいん》がげらげら笑《わら》いだしました。大佐《たいさ》は最後にもう一度敬礼《けいれい》をすると、スタニスワフにさりげなくウインクをして、ジープに乗りこみ、去って行きました。

「ルバンスキ！」大佐《たいさ》のジープが視界《しかい》から消えるやいなや、大尉《たいい》は声を張《は》り上げました。「ここへ来い！」

スタニスワフは前へ進み、中隊長《ちゅうたいちょう》の前に立ちました。

「言ったはずだぞ。何が起ころうと、たとえテントが目の前で吹《ふ》き飛《と》ばされようと、ものすごい嵐《あらし》が吹《ふ》き荒《あ》れようと、けっして動かずに、音もたてるなと」

「はい、大尉殿《たいいどの》」

「たとえサルが犬に乗って駆《か》け抜《ぬ》けても、静《しず》かにしていろ」

「はい、大尉殿《たいいどの》」

「サルが大佐のベレー帽《ぼう》を頭にかぶっていたとしても、静《しず》かにしているんだ」

「はい、大尉殿《たいいどの》」

「それから大佐がわたしに話しかけているときは、けっして口を利《き》いてはならん！」

「わかりました」

「本当にわかっているのか？」

「いま言ったとおりであります、大尉殿《たいいどの》」

「ルバンスキ、おまえは自分が利口《りこう》だと思っているようだから、あのやっかい者のサルを何とかする方法《ほうほう》を見つけ出せ。今日中にだ。何でもいいから考えろ。なんならサルを撃《う》ち殺《ころ》してもかまわん。だが、一つだけ忠告《ちゅうこく》しておくぞ。こんどあのサルが問題を起こしたら、おまえに責任《せきにん》を取らせるからな。わかったか?」

「イエッサー」スタニスワフは回れ右をすると、列にもどって、ヴォイテクとロレクの間に立ちました。

「明日、われわれはローマに向けて出発する。定刻《ていこく》どおり出発できるように準備《じゅんび》しろ。くわしい事は軍曹《ぐんそう》が指示《しじ》する。解散《かいさん》!」中隊長《ちゅうたいちょう》はいつものいばり屋にもどり、次々と指示《しじ》を飛《と》ばしました。その声はキャンプの隅々《すみずみ》にまでどどろきわたりました。

「ロル、あのサルをどうしたらいい?」テントにもどりながら、スタニスワフが言いました。「きみは、前に何か言ってただろう?」

「ああ、カシカには連《つ》れ合いが必要《ひつよう》なんだ」ロレクが言いました。

「そうだ、思い出した。そいつはいいアイデアだ!」スタニスワフは両手を宙《ちゅう》に突《つ》き上げてから、まわりを見まわしました。「だけど、こんな瓦礫《がれき》の山の中で、どうやって雄《おす》ザルを見つけたらいい？」

「ローマには動物園があるよ」ロレクは答えました。

「だめだめ。ブロジェクが許《ゆる》してくれるものか」スタニスワフが言いました。

「なんなら、ぼくがいっしょに頼《たの》んであげるよ」

「で、どうだった？」中隊長《ちゅうたいちょう》のところからもどってきたロレクとスタニスワフに、ピョートルとパヴェウとヤヌシュが同時にたずねました。

「うまくいったよ！」スタニスワフが笑《わら》いながら言いました。「まったくロリーがいなかったら、どうしていいかわからなくて途方《とほう》にくれていたところだ。ドイツ野《や》郎《ろう》どもに銃《じゅう》を向けるのならともかく、カシカを撃《う》つわけにはいかないからな」スタニスワフは自分の銃《じゅう》を指さしながら首を振《ふ》りました。そしてロレクの肩《かた》をつかむと、ほっぺたに大きな音をたててキスをしました。

翌朝《よくあさ》、ポーランド第二軍団輸送中隊《だいにぐんだんゆそうちゅうたい》の兵士《へいし》たちはモンテ・カッシーノをあとにしました。トラックは爆撃《ばくげき》で地面に開いたたくさんの穴《あな》の間をぬうようにして走り、鉄条網《てつじょうもう》のそばを通りすぎました。焼《や》け焦《こ》げた戦車《せんしゃ》やテントの残骸《ざんがい》、空の弾薬《だんやく》筒《とう》、水の瓶《びん》などがころがっていました。時折《ときおり》、死んだ馬も目にしました。どこを見ても、あるのは瓦礫《がれき》の山でした。

それなのに、どうしてそこらじゅうにケシの花が咲《さ》いているのでしょう？　一面ケシで真っ赤に染《そ》まった畑もありました。

「おれたちの血で咲《さ》くんだ」しばらくしてからロレクが言いました。仲間《なかま》たちはうなずき、風にゆれている何千もの花を見つめました。

「ひとりの兵士《へいし》にひとつの花だ」ロレクが言いました。前線の兵士《へいし》たちにとっては、戦《たたか》いはどれほど厳《きび》しかったことでしょう。みながそのことに思いをはせはじめると、トラックの中は静《しず》かになりました。

ローマの町が見えてきたとき、兵士《へいし》たちはふたたび口を開きました。ようやく彼らは、略奪《りゃくだつ》されてもいなければ、粉々《こなごな》に破壊《はかい》されてもいない場所にいるのでした。うれしいことに、永遠《えいえん》の都は元のままでした。

「幸先《さいさき》がいいじゃないか」ロレクが言いました。

「何が？」スタニスワフがたずねました。

ロレクは被害《ひがい》を受けていない町並《まちな》みを指さしながら言いました。「ほら、町がまだあるってことは、たぶん動物園も無事《ぶじ》だろう」

兵士《へいし》たちは町から少し外れたところに、新しい宿営地《しゅくえいち》を設《もう》けました。日が傾《かたむ》きはじめたころ、中隊長《ちゅうたいちょう》はスタニスワフとロレクに動物園に行く正式な許可《きょか》を与《あた》えました。ふたりはカシカを連《つ》れてジープに乗りこむと、町の中心部に向かいました。

動物園の園長はロレクとスタニスワフを暖《あたた》かく迎《むか》えました。「わたしたちの動物園へようこそ。訪問者《ほうもんしゃ》をお迎《むか》えできるのはたいへんうれしいことです。このように珍《めず》らしい用向きで来ていただくのも」

ロレクとスタニスワフはいぶかしげな顔をしましたが、園長は、軍《ぐん》の宿営地《しゅくえいち》から電話があったことを伝《つた》えました。「ブロジェク大尉《たいい》は、部下がふたり、雌《めす》ザルを連《つ》れてこちらに向かう、とおっしゃっていました」

ふたりの兵士《へいし》は、驚《おどろ》いて園長を見ました。

「中隊長《ちゅうたいちょう》が自分で電話をしたのですか？」スタニスワフはたずねました。

「ええ、そのとおりです」園長は答えました。「あなた方はローマを解放《かいほう》するのに力を貸《か》してくださったのですから、そのお返しができるなら、こんなうれしいことはありません」園長はロレクのひざの上におとなしくすわっているカシカに目を向けました。「当園には同じ種類《しゅるい》のサルの雄《おす》がいますから、きっとお役に立てると思いますよ」園長は自分の机《つくえ》の上にある呼《よ》び鈴《りん》を鳴らしながら、男たちとカシカにほほえみかけました。すぐに飼育係《しいくがかり》の一人が園長室にやって来ました。

「このお嬢《じょう》さんが一週間ほどこちらに滞在《たいざい》する。丁重《ていちょう》に扱《あつか》って、できるだけ早く仲《なか》間《ま》の雄《おす》に引き合わせるようにしてくれ」

飼育係《しいくがかり》はうなずくと、カシカを抱《かか》え上げようと近よりました。ところが、飼育《しいく》係《がかり》の手が触《ふ》れるや、カシカはさけびだし、ロレクの軍服《ぐんぷく》にしがみつきました。サルの目はおびえきっていました。飼育係《しいくがかり》がカシカをひざから引き離《はな》すのはひと苦労《くろう》でした。サルは飼育係《しいくがかり》に噛《か》みついたり、叩《たた》いたりしました。園長でさえ、こんなに凶《きょう》暴《ぼう》なサルは見たことがありませんでした。

「なんと扱《あつか》いにくいお嬢《じょう》さんだ」園長は言いました。けれどもロレクとスタニスワフはほとんど聞いていませんでした。ふたりは心配そうに、飼育係《しいくがかり》に連《つ》れて行かれるカシカを見ていました。ふたりがついて来ないのがわかると、カシカはさけぶのをやめ、不安げに飼育係《しいくがかり》にしがみつきました。

「あ痛《いた》っ！」角を曲がるとき、飼育係《しいくがかり》がさけぶのが聞こえました。「おい、こら、髪《かみ》を離《はな》せ！」

ロレクは外に出ると、ふうーっとため息をつきました。

「さあ、ひと仕事したごほうびに、アイスクリームでも食べに行こう」

ときは、一九四四年の六月でした。午後の陽射《ひざ》しが町の赤い屋根の上にやさしく降《ふ》りそそいでいました。コーンに盛《も》られたレモン味のアイスクリームを買うと、ふたりは古都ローマの狭《せま》い通りをぶらぶら歩きました。町を飾《かざ》る彫像《ちょうぞう》や泉《いずみ》をながめているふたりは、まるで観光客《かんこうきゃく》のようでした。でも、もちろん、ふたりの目は彫像《ちょうぞう》や泉《いずみ》だけでなく、長い髪《かみ》を垂《た》らし、脚《あし》を見せて歩いている娘《むすめ》たちにも注《そそ》がれていました。

「なあ、宿営地《しゅくえいち》にもどってブロジェクに報告《ほうこく》したら、ほかの連中《れんちゅう》もローマに連《つ》れて来ようぜ」スタニスワフが言いました。

「そいつはいい考えだ」ロレクが言いました。ロレクは久《ひさ》しぶりにうれしそうな顔をしていました。

# 16 休暇《きゅうか》

次の命令《めいれい》を待つ間、部隊《ぶたい》には休暇《きゅうか》が与《あた》えられました。兵士《へいし》たちは丸一週間ローマの宿営地《しゅくえいち》を離《はな》れてもいいことになりました。羽目《はめ》を外さないかぎり、好《す》きなところですごす許可《きょか》が与《あた》えられたのです。

ピョートル、スタニスワフ、パヴェウ、ヤヌシュ、ロレク、そしてヴォイテクは軍用《ぐんよう》トラックに乗って小旅行に出かけました。ヴォイテクは、いつものように窓《まど》から首を出していました。やがて、ある村にさしかかると、桃《もも》の木がたくさん植えられた果樹園《かじゅえん》がありました。あたりの匂《にお》いをかいだクマは、うれしそうに鼻をひくひく動かしました。

「ここでキャンプできないか、たずねてみようぜ」スタニスワフが言いました。

ピョートルはトラックを砂利道《じゃりみち》に入れて、一軒《けん》の農家の前に止めました。スタニスワフが車から飛《と》び降《お》り、扉《とびら》を叩《たた》きに行きました。すぐに笑顔《えがお》をうかべてもどって来たスタニスワフは果樹園《かじゅえん》を指さしました。そこにテントを張《は》る許《ゆる》しをもらったのです。

「少々育ちすぎたペットがいっしょだとは、言わなかったよ」とスタニスワフは打ち明けました。

兵士たちがテントを張《は》り終え、ヴォイテクをちゃんと鎖《くさり》でつないだころ、農家の一家がようすを見に来ました。歓迎《かんげい》のしるしに、食べ物を持って来てくれたのです。ヴォイテクを見た農家の家族は肝《きも》をつぶしました。けれども、ピョートルがクマをくすぐったり、スタニスワフが逆立《さかだ》ちをさせてみせたりすると、一家はすっかり安心しました。そのうえ、農家のおかみさんは、桃《もも》を好きなだけ食べていいと言ってくれました。

季節《きせつ》は夏の盛《さか》りでした。ヴォイテクは日向《ひなた》ぼっこをしたり、草の上でうとうと昼《ひる》寝《ね》をしたりしてすごしました。兵士《へいし》たちは、トラックの手入れをするとき以外《いがい》は、ヴォイテクのそばでいっしょに横になったり、村にビールを飲みに行ったりしました。

ヴォイテクは生まれ変《か》わったようでした。毎日雨が降《ふ》り続《つづ》いていたころには、ずぶぬれの絨毯《じゅうたん》のようになって体に張《は》りついていた毛は、ふたたび輝《かがや》きを取りもどし、体は日に日に丸みを帯《お》びていくように見えました。

兵士《へいし》たちが滞在《たいざい》している農家には、さまざまな動物が歩きまわっていました。だからピョートルは、ヴォイテクがしっかり鎖《くさり》でつながれているか、毎日何度も確認《かくにん》しました。

「見ろよ、ニワトリを見つめているヴォイテクの目を。あいつ、狩猟本能《しゅりょうほんのう》を取りもどしたんじゃないのか」ある日、ピョートルは仲間《なかま》に言いました。

ピョートルが目を光らせていることに気づいたヴォイテクは、ニワトリなどそこにいないかのようにふるまいはじめました。でも、ピョートルがよそを向くと、す

ぐに鳥たちをちらちら盗《ぬす》み見しはじめるのでした。

「絶対《ぜったい》にヴォイテクの鎖《くさり》を外すなよ」ピョートルはみんなに、とりわけスタニスワフに念《ねん》を押《お》しました。「万一あいつが暴《あば》れまわって農場をめちゃくちゃにしたりしたら、ぼくは恥《は》ずかしくて死んでしまうから」

でもスタニスワフは、「あのデブの手にかかるまぬけな動物なんていないさ」と言いました。

たしかに、大人のニワトリであれば心配はいりませんでした。ニワトリたちはクマの手の届《とど》かないところを歩いていたからです。でも、ヒヨコには、ほとんど動かずにじっとしている毛むくじゃらの塊《かたまり》が危険《きけん》なものだとはわかりませんでした。ヒヨコたちは草の中を歩きまわるうちに、しだいにヴォイテクに近づいて行きました。そして、一羽のヒヨコがパンくずをさがして歩いているうちに、ヴォイテクから一メートルくらいのところまで近づいてしまいました。クマはぱっと体を動かして、ヒヨコに襲《おそ》いかかりました。でも、もう少しのところで取り逃《にが》してしまいました。

ニワトリたちのコッコッという鳴き声と鎖《くさり》がガチャガチャ鳴る音に、兵士《へいし》たちははっとしました。そのとき、ピョートルはトラックの下にもぐりこんで、マフラーに開いた穴《あな》を溶接《ようせつ》してふさいでいるところでした。トラックの下からはい出ようとしたピョートルは、頭を打ちつけました。

悪態《あくたい》をつき、拳《こぶし》を振《ふ》りながら、ピョートルはヴォイテクのところに走って行きました。けれどもヴォイテクは、何事もなかったかのように、寝《ね》そべっていました。

ニワトリがみな無事《ぶじ》なのを確《たし》かめると、ピョートルは自分の頭をさすりながら、ふたたび悪態《あくたい》をつきました。

「どうだろう、あいつが何をするかこっそり見てやろうぜ」ヤヌシュが用意した昼食を食べ終わったとき、スタニスワフが言いました。兵士《へいし》たちはみな、納屋《なや》の後ろに姿《すがた》を隠《かく》しました。そこからは、ひとりきりになったヴォイテクの動きが手に取るように見えました。クマは草の上におとなしく寝《ね》ていました。でも、クマが薄目《うすめ》を開けているのを、兵士《へいし》たちは見逃《みのが》しませんでした。ヴォイテクは、薄目《うすめ》をとおして注意深くヒヨコのようすをうかがっているのでした。

えさをついばみながら、ヒヨコたちはゆっくりクマのほうに近づきました。ヴォイテクはぴくりとも動きません。クマは前足でご飯《はん》を入れるお椀《わん》を抱《かか》えたまま、ヒヨコがすぐそばまで近づくのを待っているのでした。

そのとき、ヴォイテクはがばっと起き上がり、ヒヨコの上にお椀《わん》をかぶせました。

「やめろ！」ピョートルがさけびました。

「なかなか知恵《ちえ》がまわるじゃないか」スタニスワフは笑いながら言いました。伏《ふ》せたお椀《わん》をのぞきこむヴォイテクは満足《まんぞく》げな顔をしていました。お椀《わん》の中からはヒヨコがピヨピヨ鳴く声が聞こえてきました。すぐに母鳥もコッコッと鳴きはじめました。

ヴォイテクのところに駆《か》け寄《よ》ろうとしたピョートルを、スタニスワフが止めました。

「まあ、待て。あいつがどうするか見てみよう」スタニスワフがささやきました。

「ぼくたちはここで世話になっているんだぞ。忘《わす》れたのか？」ピョートルが口をとがらせました。

「落ち着けって。ヴォイテクはぜったいにヒヨコを食べたりはしないから」スタニスワフが言いました。

「だけど、あいつが前足でぽんと軽く叩《たた》いただけでも、ヒヨコはつぶれてしまうぞ」

ピョートルの言葉にだれかが答える前に、ヴォイテクは注意深くお椀《わん》を持ち上げて、ゆっくりとお椀《わん》の縁《ふち》に鼻先を突《つ》っこみました。でも、クマの鼻はヒヨコよりもずっと大きかったので、ヴォイテクがお椀《わん》の下に鼻を押《お》しこむと、ヒヨコが逃《に》げられるだけの隙間《すきま》ができました。ヒヨコは一目散《いちもくさん》に母親のところに走って行ってしまいました。

ヴォイテクはがっかりして、まわりをきょろきょろ見まわしました。兵士《へいし》たちがにやにや笑《わら》いながら近よると、ヴォイテクはお椀《わん》を落として、顔をそむけました。

「愉快《ゆかい》なクマだな、おまえは」ピョートルが言いました。

「バカなやつめ」スタニスワフはにやっと笑《わら》いながら言うと、クマの背中《せなか》に飛《と》び乗りました。

「なんて大きくて勇敢《ゆうかん》なクマなんだ」ピョートルが言いました。

「ちっちゃいヒヨコを追いかけるなんてな!」スタニスワフが言いました。

けれども、ヴォイテクは無反応《むはんのう》でした。そして、だれも背中《せなか》に乗っていないかのように、空を見上げたのでした。

翌日《よくじつ》からはヴォイテクはとても行儀《ぎょうぎ》よくしていたので、休暇《きゅうか》の最後《さいご》の日には、兵《へい》士《し》たちはクマにもう少しだけ自由を与《あた》えることにしました。ヴォイテクはおいしいごちそうにありつく望みは捨《す》てたようでした。だからピョートルたちは、鎖《くさり》を少しだけ長くしてやったのです。

次の日には、ローマの宿営地《しゅくえいち》にもどることになっていました。そこで兵士《へいし》たちは、自由にすごせる最後《さいご》の夜は、町に映画を観《み》に行くことにしました。彼《かれ》らがトラックに乗りこんだときのことです。農家の息子《むすこ》が走って来ました。

「クマ！　クマ！」少年はイタリア語でさけんでいました。でも、それが中国語でも、兵士《へいし》たちには、何かまずいことが起きて、すぐに回れ右をしなければいけないことがわかったでしょう。

ピョートルはヴォイテクのところに走って行きました。ヴォイテクはおとなしく草の上で眠《ねむ》っていました。少年はあいかわらず兵士《へいし》たちにさけび続《つづ》けていました。何を言っているのかはわかりませんが、少年はヴォイテクを指さし続《つづ》けていました。だから、何かクマに関係《かんけい》があることにちがいありません。

ヴォイテクは、ピョートルに呼《よ》ばれても、聞こえないふりをしていました。

「妙《みょう》だな」ピョートルがつぶやきました。

「たしかに妙《みょう》だ」ピョートルに追いついたスタニスワフもうなずきました。「いつもなら腹《はら》ばいに寝《ね》たりしないのに」

「病気じゃないか?」ロレクが言いました。

「病気なら、大騒《おおさわ》ぎをするさ」ピョートルは考えこみながら言いました。「いや、やっぱりぜったい、よからぬことをたくらんでる」ピョートルはヴォイテクに近づいて、ぐいっと押《お》しました。何も起こりませんでした。ヴォイテクは完全《かんぜん》におとなしく横になっていました。目は閉《と》じたままでした。

「ちょっと静《しず》かにして」ピョートルが言いました。兵士《へいし》たちが耳をすますと、ヴォイテクのお腹《なか》の下から奇妙《きみょう》な音が聞こえてきました。それはアヒルやガチョウがガーガー鳴く声でも、ヒヨコがピヨピヨ鳴く声でもありませんでした。

「まるで断末魔《だんまつま》のうめき声だ」スタニスワフが言いました。

ピョートルはヴォイテクの鎖《くさり》をつかむと、ぐいっと引っ張《ぱ》りました。そして、ありったけの声を張《は》り上げて言いました。「ヴォイテク、立て！　今すぐに！」

ヴォイテクは飛《と》び起きて立ち上がりました。すると、クマのお腹《なか》の下から一羽のガチョウがよたよた歩いて出てきました。ガチョウの羽はくしゃくしゃで、白い小さな羽毛が宙《ちゅう》に舞《ま》い上がりました。

少年はガチョウが生きていて無傷《むきず》なのを見ると、飛《と》び上がって喜《よろこ》びました。

「もう映画《えいが》には間に合わないな」スタニスワフが言いました。

「なら、かわりに村の広場にビールを飲みに行こう」ピョートルが提案《ていあん》しました。

出かける前に、兵士《へいし》たちはヴォイテクの鎖《くさり》をほとんど動けないくらいに短くしました。でも、心の中では、悪知恵《わるぢえ》の働《はたら》くクマを少しばかり誇《ほこ》りに思っていました。

「ヴォイテクはあのガチョウをどうするつもりだったんだろう？」スタニスワフが声に出して言いました。

「さあね」ピョートルが言いました。「だけど、利口《りこう》なやり方だったな」

「ヴォイテクに！」彼《かれ》らは、グラスをカチンと鳴らして、ビールをぐいっと飲みました。

「それからカシカに！」ロレクがふたたびグラスを持ち上げながら言いました。

「あいつは元気にしているかな？」

ほかの兵士《へいし》たちもみな乾杯《かんぱい》しました。「カシカに！」

# 17 カシカ

翌朝《よくあさ》、五人の兵士《へいし》はいやいや荷物《にもつ》をまとめました。二日酔《ふつかよ》いで頭がぼんやりし、できるならあと数時間眠《ねむ》っていたいところでした。六人目の兵士《へいし》は出発ぎりぎりまで起こしませんでした。

「また仕事だぞ」ピョートルはトラックに乗りこんだヴォイテクに声をかけました。

スタニスワフはヴォイテクの体に指を押《お》しつけて、「タタタタタタ！」と機関銃《きかんじゅう》の真似《まね》をしました。ヴォイテクは兵士《へいし》たちを無視《むし》して運転席《うんてんせき》に置《お》いてある箱を開けようとしていました。その中にいつもお菓子《かし》が入っていたからです。

「ほら」ピョートルはパンのかけらをヴォイテクにやりました。

「おいしいコーヒーも一杯《いっぱい》どうだ？」スタニスワフは、コーヒーの入った魔法瓶《まほうびん》を渡《わた》しながら言いました。

「バカ！　そいつは熱《あつ》すぎるぞ」ピョートルがぴしゃりと言いました。

「そうかい？　じゃあ、火のついたタバコは？」とスタニスワフが言い終えるのと同時に、ヴォイテクは魔法瓶《まほうびん》のコーヒーをぜんぶ一気に飲み干《ほ》してしまいました。

午後おそく、兵士《へいし》たちが宿営地《しゅくえいち》にもどると、見張《みは》りの兵《へい》がトラックの窓《まど》をのぞきこみながら声をかけました。「ルバンスキ二等兵《にとうへい》ですね？」

「そうだけど、何か？」スタニスワフがきき返しました。

「中隊長殿《ちゅうたいちょうどの》が執務室《しつむしつ》でお待ちです」

しばらくしてスタニスワフは仲間《なかま》のところにもどって来ました。腕《うで》に何か抱《かか》えていました。

「カシカ！」ピョートルが声を上げました。スタニスワフが説明《せつめい》しました。なんでも、カシカは物を壊《こわ》したり、キーキー鳴き続《つづ》けたりするので、これ以上《いじょう》動物園で預《あず》かるわけにはいかないから引き取ってほしい、という連絡《れんらく》が園長からあったというのです。

「ブロジェクは、こうなったらぼくがこのサルをなんとかしろ、と言うんだ」

スタニスワフは腰《こし》を下ろし、カシカをそばの椅子《いす》の上に乗せました。「もう残《のこ》る手は一つしかない」

「どうするつもりだ?」ピョートルがたずねました。

スタニスワフは人差《ひとさ》し指と親指で銃《じゅう》の形を作ってさけびました。「バン!」

「本気じゃないだろう」パヴェウが言いました。

「ふん、そう思うか? これはすでに戦争《せんそう》なんだ。おれはサルとドイツ軍《ぐん》を同時に相手にしているんだ」スタニスワフは自分の銃《じゅう》を抜《ぬ》くと、カシカに向けました。サルはさけび声を上げ、不安《ふあん》げに銃身《じゅうしん》を見下ろすと、椅子《いす》の上でぴょんぴょん飛《と》び跳《は》ねだしました。

「ぼくが預《あず》かる」と、ロレクが言うと、スタニスワフの返事を待たずに、カシカを抱《かか》え上げました。

「ヴォイテクはどうする?」ピョートルが言いました。「いっしょにしたらどうなることやら」

「ようすを見るしかないだろう」ロレクが言いました。

「おれの持ち物には近づけないように頼《たの》むぞ」ヤヌシュが言いました。

「じゃあ、これからはきみがカシカに対する責任《せきにん》を負うっていうのか?」スタニスワフがロレクにたずねました。

ロレクはうなずくと、立ち上がりました。そして指を二本、上に向けると、厳《おごそ》かな口調で誓《ちか》いの言葉を述《の》べました。「このわたくし、ポーランド第二軍団輸送中隊《だいにぐんだんゆそうちゅうたい》所属《しょぞく》の二等兵《にとうへい》レオナルド・ゼブロフスキは、だれからも望《のぞ》まれず、銃殺隊《じゅうさつたい》の手から間一髪《かんいっぱつ》で逃《のが》れたサル、カシカの面倒《めんどう》をみる責任《せきにん》を負《お》うことをここに誓《ちか》います」

宣言《せんげん》の間、カシカはロレクの左腕《ひだりうで》の上におとなしくすわって、シャツのボタンを引っ張《ぱ》ったり、鼻をそっとこすりつけたりしていました。

「自分が言ってることの意味がわかっているのか?」スタニスワフが言いました。

でも、スタニスワフが心底《しんそこ》ほっとした顔をしているので、ロレクは笑いながら言いました。「ああ。ところで、濃《こ》くてうまいコーヒーを一杯《いっぱい》もらえればありがたいんだけどね」すぐにスタニスワフはコーヒーを入れて、みんなに配りました。

「ありがとう、ロル。おれが本気で引き金を引いたりしないのはわかっているよな」スタニスワフは言いました。

ロレクが答える前に、何も知らないヴォイテクがぶらぶらやって来ました。顔にお菓子《かし》のかけらがついているのを見ると、どこかで午後のお茶を飲んできたようです。ヴォイテクはカシカを目にすると、身をこわばらせ、すわりこむと、前足で目をおおいました。

カシカはロレクのボタンを離《はな》し、彼《かれ》の腕《うで》から飛《と》び降《お》りました。サルはヴォイテクのほうに飛《と》び跳《は》ねて行き、背中《せなか》にぴょんと飛《と》び乗ると、耳を二、三度強く引っ張《ぱ》りました。そして矢のように走り去って行きました。あっという間の出来事でした。

気がつけば、カシカの姿《すがた》は消えていました。ヴォイテクは頭を振《ふ》っていました。ロレクは、たった今起きたことが信《しん》じられないとでも言うように、空っぽの腕《うで》をながめていました。ロレクは立ち上がって、カシカをさがしに行きました。けれども、サルはどこにもいませんでした。スタニスワフもいっしょにさがし、ヤヌシュとパヴェウも夕食のあとで捜索《そうさく》に加《くわ》わりました。ピョートルでさえ、カシカがすぐ見つかることを望《のぞ》んでいました。いったん敵《てき》を自分の家に迎《むか》え入れたなら、その敵《てき》の居場所《いばしょ》は常《つね》に知っておくことが肝心《かんじん》だからです。

ロレクはその夜、一睡《いっすい》もできませんでした。彼《かれ》は誓《ちか》ったからには、約束《やくそく》を守るつもりでした。翌朝《よくあさ》、部隊《ぶたい》が宿営地《しゅくえいち》を出発するまでに、カシカを見つけなければなりません。

夜が明ける一時間前、ロレクはふたたびカシカをさがしはじめました。けれども、どこをさがしても、サルは見つかりませんでした。そのころにはもう、ほかの兵士《へいし》たちはテントの片付《かたづ》けをはじめていました。

「おーい、ロレク。三十分後には出発するぞ」みんなが声をかけました。ロレクは自分の荷物《にもつ》をまとめ、急いで朝食をとるしかありませんでした。

三十分後、兵士《へいし》たちがトラックに集まったとき、スタニスワフがだしぬけに声を上げました。「おい、あれを見ろ！」

朝もやの中を、大きな犬が走っていました。犬は堂々《どうどう》とした足取りで、兵士《へいし》たちのほうに向かっていました。そして犬の背《せ》には、満面《まんめん》の笑《え》みを浮《う》かべた小さな騎手《きしゅ》がまたがっていました。兵士《へいし》たちを目にすると、カシカはベテランの騎兵《きへい》のように、かかとでスターリンのわき腹《ばら》を蹴《け》りました。

「こっちだ！」ロレクがさけびました。スターリンは素直《すなお》にロレクのところにトコトコと走りよって来て、足元で止まりました。ロレクはカシカを抱《かか》え上げると、パヴェウとヤヌシュといっしょに同じトラックに乗りこみました。

「出発だ！」

兵士《へいし》たちは、車列を組んで、爆撃《ばくげき》ででこぼこになった道路をガタゴトゆられながら進んで行きました。輸送中隊《ゆそうちゅうたい》の男たちは、新たな任務《にんむ》に向かおうとしていました。それがどれだけ困難《こんなん》な任務《にんむ》であっても、一歩前に進むごとに彼《かれ》らは故郷《こきょう》により近づくのです。

# 18 クブシ

真夜中、ロレクは何かに頭を叩《たた》かれて目をさましました。カシカでした。サルは彼《かれ》の胸《むね》によじ登って、小さな拳《こぶし》で顔を叩《たた》いていました。まるで、こう言っているかのようでした。「ねえ、目をさまして、目を開けて!」

「寝《ね》てろよ、カシカ!」ロレクは言いました。それでもサルは拳《こぶし》でロレクを叩《たた》き、声を上げ続けていました。

ロレクは懐中電灯《かいちゅうでんとう》をつかむと、テントの中をぐるりと照《て》らしました。それから、カシカに光を向けました。サルはお腹《なか》をさすりながら、頭を振《ふ》っていました。

「ここにおいで」ロレクはカシカをつかむと、腕《うで》に抱《だ》いてしばらくあやしました。

雨がテントの上にパラパラと降《ふ》っていました。まもなく雷《かみなり》が鳴り出しました。

「よしよし、カシカ。怖《こわ》がらなくてもいいよ」彼《かれ》はふたたび毛布《もうふ》にもぐりこむと、カシカを抱《だ》きしめました。「よしよし」ロレクはささやき続《つづ》けました。そのうちサルはようやく落ち着きはじめました。ふたりはふたたび眠《ねむ》りに落ちました。

夜明けの光がテントの垂《た》れ布《ぬの》の下から射《さ》しこんでくると、カシカはまた小さな声で鳴きはじめました。そのころにはもう、激《はげ》しい雷雨《らいう》はおさまっていました。明るいので、空は晴れているようです。カシカはテントの隅《すみ》にはって行き、ロレクは寝《ね》返《がえ》りを打ちました。

もう一眠《ひとねむ》りしようかと迷《まよ》っていたロレクは、突然《とつぜん》がばっと起き上がって、つぶやきました。「おれはなんてバカなんだ!」そして、ベッドから出ると、テントの中でサルが隠《かく》れていそうな場所をさがしまわりました。

カシカは制服《せいふく》のジャンパーの上で体を丸めていました。ジャンパーを巣《す》の代わりにしていたのです。ロレクは口をあんぐり開けました。カシカはその胸《むね》にふわふわした毛の小さな赤ん坊《ぼう》を抱《だ》いていました。ロレクが近よると、カシカは赤ん坊《ぼう》を持ち上げました。「赤ちゃんだ」ロレクはささやきました。「おまえは赤ちゃんを産《う》んだんだね」

ロレクはサルの背中《せなか》をさすっていいました。「でかしたぞ、カシカ。でかした」ロレクはその言葉を、何度も何度もくり返しました。まるで、この世に存在《そんざい》するたった一つの言葉であるかのように。そして、ロレクを見返すカシカは、これまで見たことのないような表情《ひょうじょう》をしていました。まるで、サルの目も鼻も口も新しくなったみたいでした。カシカのまわりですべてが光り輝《かがや》いていました。

「おまえの赤ちゃんは、ぼくのヤクプおじさんみたいにしわくちゃな顔だなあ」ロレクはつぶやきました。ほほえみながらロレクは、カシカの赤ん坊《ぼう》にぴったりの名前を思いついたことに気づきました。クブシです。

「クブシっていう名前は、ヤクプの愛称《あいしょう》だよ。カシカがカタジーナを縮《ちぢ》めた言い方なのと同じように。たぶんきみは知らなかっただろうけど」ロレクはいつまでもカシカに話しかけていました。サルの親子をずっとながめていたかったのです。

外の世界《せかい》では戦争が続《つづ》いているけど、この、ぼくのテントの中には、ようやくさやかな平和が訪《おとず》れたんだ。ロレクはそう思いました。

目の前の光景《こうけい》にすっかり心を奪《うば》われていたロレクは、だれかがテントの外でさけんでいるのに気づいたとき、急に夢《ゆめ》からさめたような感じがしました。スタニスワフが呼《よ》んでいるのでした。

「おい、ロリー！　起きろ！　ぼやぼやしてると日が暮《く》れちまうぞ。いったい何をやっているんだ？」

「シーッ！」ロレクは言いました。ロレクは夢《ゆめ》を見ていたのではないことを確《たし》かめるために、もう一度すばやくカシカとクブシに目を向けました。それから、テントの垂《た》れ布《ぬの》から顔をのぞかせると、外の者たちに声を落とすように言いました。

それから、みんなを一人ずつテントの中に入れて、クブシを見せました。スタニスワフはテントから出ると、だれかれかまわず、知らない兵士《へいし》たちにまで、このニュースを伝《つた》えました。「あの人騒《ひとさわ》がせなちびのサルをおぼえているか？　あいつは赤ん坊《ぼう》を産《う》んだんだぞ。こんなにちっちゃな子どもを」スタニスワフは赤ん坊《ぼう》がどれほど小さいか示《しめ》すために、親指と人差《ひとさ》し指をほんのちょっとだけ開いて見せました。

「そんなにうれしそうにしているのを見たら、みんなはきっと、きみが父親になったんだと思うぞ」ピョートルが言いました。スタニスワフはちょっと肩《かた》をすくめて言い返しました。「いいニュースはだれかが伝《つた》えないといけないだろう」

ロレクは、自分でみんなに伝《つた》えに行く余裕《よゆう》はありませんでした。カシカの赤ん坊《ぼう》を一目見ようと、ポーランド第二軍団《だいにぐんだん》の兵士《へいし》たち全員が押《お》しかけて来て、テントがもみくちゃにされないように、守らなければいけなかったからです。

中隊長《ちゅうたいちょう》までもが見にやって来ました。

「おめでとう、ゼブロフスキ」中隊長《ちゅうたいちょう》は言いました。「カシカを動物園に連《つ》れて行くというのは冴《さ》えたアイデアだったな。この子ザルが母親みたいに悩《なや》みの種《たね》にならなないことを祈《いの》ろう」

次の日、カシカはテントを離《はな》れました。みんなはふたたびクブシを目にする機会《きかい》を得《え》ました。カシカは元気に走りまわって、テントに見に来なかった者たちにクブシを見せました。母ザルはスターリンにもクブシの匂《にお》いをかがせました。カシカの馬を務《つと》める大きな犬はしっぽを振《ふ》りました。スターリンがしっぽを振《ふ》るのを見るのははじめてでした。

ヴォイテクとダルメシアンを見つけたカシカは、まっしぐらに二頭のほうに向かって行きました。ヴォイテクはピョートルのテントに逃《に》げこみました。ダルメシアンもそのあとに続《つづ》きました。もうカシカから逃《に》げまわる必要《ひつよう》がないということをヴォイテクが理解《りかい》するのには、一か月がかかりました。前足で目を隠《かく》すのをやめ、カシカが自分に見せようとし続《つづ》けていたものを実際《じっさい》に見るまでには、さらに一か月がかかりました。

カシカがクマにむかってクブシを突《つ》き出すと、ヴォイテクは小さくうなりました。けれども、ヴォイテクが見ていたのはクブシではなく、カシカでした。クマはカシカをまじまじと見つめました。ヴォイテクがカシカをまともに見たのは、おそらくこれがはじめてでした。

それから、ようやくクブシを見ました。小さなサルをよく見ようと、目を寄《よ》せました。カシカはクブシをヴォイテクの鼻先に、子ザルよりも大きなその鼻にくっつけるように突《つ》き出していたからです。そのとき突然《とつぜん》、ちっちゃな手が伸《の》びてきて、クマの鼻をぎゅっとつまみました。

ヴォイテクは尻《しり》もちをついて、安全な距離《きょり》からもう一度、子ザルを見ました。兵《へい》士《し》たちが荷物をトラックに積《つ》み終えて、宿営地《しゅくえいち》を出発しようとしているのにも気づきませんでした。でも、そのときクラクションが鳴ったので、ヴォイテクは駆《か》け出しました。

「どこに行ってたんだ？　今日は休みを取るのかと思ったぞ」ピョートルが言いま

した。

ヴォイテクはトラックのドアの前で立ち止まり、肩越《かたご》しに振《ふ》り返って、来た方をじっと見ました。まるで、この目で見た物が何だったか、たったいま理解《りかい》した、とでも言うような奇妙《きみょう》な表情《ひょうじょう》を浮《う》かべていました。

「急げ、クマ公」ピョートルが言いました。けれどもヴォイテクはぜんぜん動こうとせずに、来た方を見つめ続《つづ》けていました。

「こんどはどうしたんだ?」スタニスワフが大声で言いました。

カシカがテントの間を抜《ぬ》けて、ぶらぶら歩いて来ました。ヴォイテクは前足を目に当てませんでした。ふり返ったまま、カシカの姿《すがた》が視界《しかい》から消えるまでじっと見つめていました。ピョートルとスタニスワフは、二頭の間の敵対関係《てきたいかんけい》がようやく終わったことを理解《りかい》しました。

「今度はおれたちがドイツ人と片《かた》をつける番だな」スタニスワフがため息まじりに言いました。「そして、故郷《こきょう》に帰るんだ」

18　クブシ

# 19　悲しいできごと

　ヴォイテクがピョートルのテントからはい出したのは、まだ暗いときでした。クマは周囲《しゅうい》にちょっと目をやっただけで、猛《もう》ダッシュでテントの中にもどって来ました。ヴォイテクの慌《あわ》てふためくようすに、目をさましかけていたピョートルは驚《おどろ》きました。

「ヴォイテク、どうしたんだ？」ピョートルは声をかけました。テントの中は暗かったので、ヴォイテクの姿《すがた》は見えません。でも、ヴォイテクが布団《ふとん》の中にもぐりこんでくるのがわかりました。

　クマの体はぬれていて、氷のように冷《つめ》たく感じられました。ピョートルはぐいっとクマを押《お》しのけて、ベッドから出るように言いました。ピョートルは横になり、

ヴォイテクはふたたび、よたよたテントの外に出て行きました。こんどはもどっては来ませんでした。

ピョートルはもう一度眠《ねむ》ろうとしました。でも、できませんでした。ヴォイテクがテントのすぐ外で大騒《おおさわ》ぎをはじめたからです。ピョートルは服を着ると、いったい何事だろう、と見に行きました。テントの垂《た》れ布《ぬの》を上げると、そのわけがわかりました。地面は真っ白に輝《かがや》いているようでした。

「雪だ」ピョートルはつぶやきました。ヴォイテクの姿《すがた》はどこにも見当たりません。でも、雪の上に残《のこ》された足跡《あしあと》から、そこらじゅうを跳《は》ねまわっていたのがわかりました。

時刻《じこく》はもう六時。起きる時間でした。眠《ねむ》たげな顔で次々と起きてきた兵士《へいし》たちは、外の景色《けしき》を見て驚《おどろ》きました。秋ももう終わりでした。夜は雪とともに冬を連《つ》れて来たのです。

食堂用《しょくどうよう》のテントで朝食を取っている間、中隊長《ちゅうたいちょう》が輸送中隊《ゆそうちゅうたい》の男たちに新しい命令《めいれい》を下しました。中隊長《ちゅうたいちょう》は、雪でトラックがすべらないように、出発前にタイヤにチェーンを装着《そうちゃく》するように言いました。ところが、部隊《ぶたい》にはチェーンがなかったので、イギリス軍《ぐん》から借《か》りてくる必要《ひつよう》がありました。だから、すぐに仕事にかかるのは無理《むり》でした。

朝食のあと、兵士《へいし》たちはヴォイテクをさがしに行きました。この雪の中でヴォイテクが何をするか、興味《きょうみ》があったのです。一面真っ白な世界で、大きな褐色《かっしょく》のクマを見つけるのは難《むずか》しくありませんでした。

すぐに、遠くで雪の中を走りまわっているヴォイテクが見つかりました。ヴォイテクはダルメシアンを追いかけていました。犬に追いつくと、二頭はいっしょに転げまわり、あたりに雪煙《ゆきけむり》が舞《ま》い上がりました。ダルメシア

ンが激《はげ》しくほえると、頭のまわりに湯気《ゆげ》の雲ができました。犬の白い毛は背景《はいけい》の雪に溶《と》けこんでいるので、目にとまるのは、時々うれしげに飛《と》び跳《は》ねる黒い点々だけでした。

「ポチポチ！」ダルメシアンを見つけると、スタニスワフが呼《よ》びました。「どこだ？　どこにいる？」

するとダルメシアンは、「ここにいるよ！　ぼくはここだよ！」と言うように、スタニスワフのほうに走って来ました。スタニスワフは犬をつかまえると、頭を手荒《てあら》くなでてやりながら言いました。「おまえの姿《すがた》は見えないぞ。斑点《はんてん》が跳《は》ねまわっているだけだ。どこに行っちゃたんだ、ポチポチ？」

ヴォイテクも勢《いきお》いよく走って来ました。クマは急ブ

レーキをかけたので雪の上ですべってしまい、スタニスワフを押《お》し倒《たお》しながらすべって行きました。その後をダルメシアンが追いかけました。雪の上を、大きな毛のかたまりと斑点《はんてん》とカーキ色の制服《せいふく》がくるくる回転しながら、すべって行きました。パヴェウ、ヤヌシュ、ロレク、そしてピョートルが、スタニスワフを救《すく》いに駆《か》けつけました。四人はスタニスワフを引っ張《ぱ》り上げると、腕一杯《うでいっぱい》の雪をヴォイテクとダルメシアンの上にかけはじめました。まもなく、人間と動物の間で雪合戦がはじまりました。そして、ほどなく人間組が優位《ゆうい》に立ちました。と、そのとき、何かがスタニスワフの額《ひたい》に当たりました。

カシカがやって来たのです。サルはトラックの屋根の上に陣取《じんど》って、一握《ひとにぎ》りの雪をかき集め、それを岩のように硬《かた》い雪の玉に丸めました。カシカが投げる雪玉はことごとく命中しました。カシカは、物を投げることにかけては百発百中の名人でした。

「おい、おまえ！」スタニスワフがカシカにむかってさけびました。「このおれがドイツ人に見えるのか？」その言葉が終わるのと同時に、別《べつ》の雪玉が飛《と》んで来てまっすぐ額《ひたい》に命中しました。

クブシもトラックの屋根の上で、カシカのそばにすわっていました。子ザルは母親をまねて雪玉を作ろうとしていました。ところが、雪玉を投げようとしたとき、屋根からすべって、地面の上に落ちてしまいました。そのあとを追いかけるように、上から雪玉が落ちて来ました。

ヴォイテクは駆《か》けよって、子ザルに鼻を近づけました。クブシは雪の中でもがいていました。鳴きさけびながら、体をバタバタさせていました。でも、もがけばもがくほど、体はますます冷《つめ》たい雪の中に沈《しず》んでいきました。ヴォイテクは雪のかたまりごと、クブシをすくい上げました。それを頭の高さに持ち上げて、ぺろぺろなめはじめました。

カシカがトラックから飛《と》び降《お》りて来て、ヴォイテクの足元に立ち、ぴょんぴょん飛《と》び跳《は》ねながら鳴き立てました。

雪合戦《ゆきがっせん》は終わり、だれもがこの奇妙《きみょう》な光景《こうけい》をながめていました。ダルメシアンも雪の上に伏《ふ》せて、ハアハア息をしていました。まるで、だれかがまっ黒なキャンディーを撒《ま》き散《ち》らしたかのようでした。

「この雪は、子ザルにはすこし寒すぎやしないだろうか」ロレクがふと不安《ふあん》げに言いました。

「大丈夫《だいじょうぶ》さ。毛皮を着こんでいるんだから」ほかの者たちは言いました。

「だけど、雪の中にいるサルなんて見たことがあるかい？」

「あるとも」スタニスワフが答えました。「今ここでね。それも二頭も」

みんなは笑《わら》いました。

「そんなに心配なら、服を着せたらどうだ」スタニスワフが言いました。

そのときにはもう、カシカはクブシを拾い上げて、雪合戦《ゆきがっせん》を観戦《かんせん》しに来ていたスターリンのところに走っていました。カシカが犬の背中《せなか》に乗ると、三頭はどこかへ向かって走り出しました。クブシが生まれてからは勢《いきお》いよく駆《か》けるのをやめていたスターリンでしたが、この時は小走りに走っていました。

「カシカはまるでロバの背《せ》に乗ったマリアさまみたいだな」スタニスワフはサルを指さしながら言いました。「あと足りないのはヨセフだけだ。どうだい、クマさん、おまえさんがヨセフ役を買って出たらどうだ?」スタニスワフはヴォイテクを軽くつつきながら言いました。言われたことが理解《りかい》できないヴォイテクは押《お》し返しました。スタニスワフはよろめいて転びました。雪合戦《ゆきがっせん》がもう一度はじまりました。

それから数日間、兵士《へいし》たちは好《す》きなだけ雪合戦《ゆきがっせん》を楽しむことができました。冬が戦争《せんそう》を中断《ちゅうだん》させてしまったのです。雪のせいで車を運転することもできなくなりました。おそらく、それは好都合《こうつごう》でした。補給品《ほきゅうひん》も減《へ》ってきて、兵士《へいし》の数も足りなかったからです。イギリス、アメリカ、ポーランドの軍隊《ぐんたい》は、ドイツ軍《ぐん》との決戦《けっせん》を

＊おまえさんが〜…聖書《せいしょ》によれば、救世主《きゅうせいしゅ》の出現《しゅつげん》を怖《おそ》れたユダヤのヘロデ王が幼《おさな》いイエスを殺《ころ》そうとしていることを知った聖母《せいぼ》マリアと夫《おっと》のヨセフは、子どもを連《つ》れてエジプトに逃《のが》れたという。エジプトへの旅の場面を描《えが》いた宗教画《しゅうきょうが》では、キリストを抱《だ》いた聖母《せいぼ》はロバに乗った姿《すがた》で表わされることが多い。

控《ひか》えて、さらなる援軍《えんぐん》を必要《ひつよう》としていました。

春のはじめのある朝、ロレクが、心配そうな青ざめた顔で、食堂用《しょくどうよう》のテントに現《あら》われました。鳥たちがふたたび歌いはじめ、雪がぬかるみに変《か》わったころでした。軍隊《ぐんたい》は戦力《せんりょく》を増強《ぞうきょう》し、輸送部隊《ゆそうぶたい》の男たちは減《へ》ってゆく物資《ぶっし》を補充《ほじゅう》するために港との間を行き来していました。

「クブシの具合《ぐあい》がよくないんだ」ロレクが言いました。彼《かれ》は腰《こし》を下ろすと、自分でコーヒーを注《そそ》ぎました。

「どうしたんだ？」仲間《なかま》がたずねました。

「この数日、クブシは少しおとなしかったんだけど、今朝は横になったまま、ほとんど動かないんだ」

「今、どこにいるんだ？」ピョートルがたずねました。

「カシカが連《つ》れて出て行った。いや、本当に獣医《じゅうい》が必要《ひつよう》な状態《じょうたい》だと思う」

朝食の後で、兵士《へいし》たちはロレクといっしょにサルたちをさがしに行きました。コヴァルスキ軍曹《ぐんそう》の命令《めいれい》は急を要《よう》しなかったからです。

カシカはスターリンの背中《せなか》の上にすわっていました。犬はどこへ向かうともなく、水たまりの間をとぼとぼ歩きまわっていました。

「スターリン！」ピョートルが呼《よ》びました。すると、大きな犬は素直《すなお》に彼《かれ》のほうにやって来ました。犬の足取りには悲しげなようすがありました。カシカはその腕《うで》にクブシをぎゅっと抱《だ》きしめたまま、

ピョートルのほうに目を向けました。

犬が兵士《へいし》たちの前で止まったとき、クブシの目は閉《と》じて、片方《かたほう》の手がだらりと垂《た》れていました。カシカは一生懸命《いっしょうけんめい》に子どもの顔をつねっていました。でも無駄《むだ》でした。クブシは死んでいたのです。

「元気を出せ、カシカ」ロレクがやさしく言いました。その声は震《ふる》えていました。抱《だ》き上げようとロレクが身をかがめると、カシカはスターリンの背中《せなか》からぴょんと飛《と》び降《お》りて、走り去ってしまいました。カシカは胸《むね》にクブシをしっかり抱《かか》えて、後ろをふり向きませんでした。

男たちは仕事にもどりました。ロレクだけが残《のこ》ってカシカをさがしました。そして何時間もキャンプの中を隅《すみ》から隅《すみ》まで三度もさがしまわって、ようやくカシカを見つけました。

カシカはロレクのテントの中の衣類《いるい》の山の中に隠《かく》れていました。ロレクはカシカに話しかけながら、注意深く衣類《いるい》を一つ一つ取り除《のぞ》いていきました。カシカはまだクブシを抱《だ》きかかえていました。まるで手放してしまえば、永久《えいきゅう》にわが子を失《うしな》ってしまうことがわかっているかのように。

「この子はもう死んでいるんだ」ロレクは話し続《つづ》けました。「ぼくに渡《わた》すんだ、カシカ。さあ、手を離《はな》して」ゆっくりと、ロレクは手をのばしました。カシカははじめて、ロレクの顔をまじまじと見つめました。母ザルの目からは輝《かがや》きが失《うしな》われていました。戦争《せんそう》がはじまって以来《いらい》、ロレクはこのときほど惨《みじ》めな気持ちになったことはありませんでした。

ロレクはカシカを抱《だ》き上げました。サルはまだクブシを抱《かか》えたまま、腕《うで》の中であやしていました。スタニスワフとピョートルが夕食に呼《よ》びに来たとき、ロレクはそんなふうにまだそこにすわっていました。

スタニスワフはロレクを引っ張《ぱ》って立ち上がらせました。ピョートルはカシカの腕《うで》からクブシを取り上げました。だれも一言も発しませんでした。かける言葉が見つからなかったのです。

その日からカシカは何も食べなくなりました。サルはキャンプの中を、体を引きずるように歩きまわり、ヴォイテクはそのあとをどこまでも追いかけました。あるときピョートルは、ヴォイテクがやさしくカシカをなめているのを目にしました。カシカはされるがままになっていました。喜《よろこ》んでいたからではなく、気づいていなかったのです。

ロレクは獣医《じゅうい》を呼《よ》びました。ふたりは遊びやおいしい食べ物でカシカを元気づけようとしました。けれども、何をしても効果《こうか》はありませんでした。まるで、カシカの魂《たましい》はクブシといっしょにどこかに行ってしまい、体だけがあとに残《のこ》っているかのようでした。

ロレクは毎晩《まいばん》、ベッドに入る前にカシカを自分のジャケットでくるんでやりました。そしてある朝、起こそうとすると、サルは前の晩《ばん》と同じ姿勢《しせい》で横たわっていました。

兵士《へいし》たちは、クブシのそばにカシカを葬《ほうむ》ってやりました。そこは森の一角でした。

森の中では鳥がさえずり、春一番に咲《さ》く花々が地面から芽《め》を出そうとしていました。そこなら、戦争《せんそう》の火の手も及《およ》ばないだろうと思ったのです

カシカが死んだことを知ると、ヴォイテクは自分も食べるのをやめてしまいました。体をゆさゆさゆすってばかりいて、もうトラックに乗って出かけようともしなくなりました。

「おまえもか？」ヴォイテクが仕事をしなくなってから四日目の朝、ピョートルは言いました。

「爆弾《ばくだん》にやられるのなら仕方ない。だけど、りっぱなクマは悲しくて死んだりはしないぞ」スタニスワフはそう言って、ヴォイテクのお腹《なか》をつつきました。ヴォイテクはうなるだけでした。

「このろくでなしめ！　聞いてるのか？　みんながもう生きたくないなんて思うようになっちまったら、おれたちもさっさと荷物《にもつ》をまとめて、あの世に行くしかない

じゃないか！」

スタニスワフはヴォイテクを引っ張《ぱ》り上げようとしました。「おい、手を貸《か》してくれ！」彼《かれ》は仲間《なかま》に声をかけました。五人はヴォイテクをトラックまで引きずって行き、中に押《お》しこみました。

「さて、どうする？」ピョートルが言いました。

「海に行こう」スタニスワフが答えました。兵士《へいし》たちは食事もとらずに出発しました。

浜辺《はまべ》には強い風が吹《ふ》き、白い波が渚《なぎさ》に打ち寄《よ》せていました。

「さあ、ヴォイテク、外に出ろ！」スタニスワフが言いました。クマはしぶしぶトラックからはい出ました。兵士《へいし》たちは波打《なみう》ち際《ぎわ》までヴォイテクを引っ張《ぱ》って行って、頭からバシャバシャ水をかけはじめました。最初《さいしょ》、ヴォイテクは水際《みずぎわ》にすわったまま、うなっているだけでした。けれども、スタニスワフが制服《せいふく》を脱《ぬ》いで、飛《と》び乗ると、クマは彼《かれ》を振《ふ》り落として、自分もスタニスワフを追って海の中に飛《と》びこみました。

それを見た仲間《なかま》たちはみな、服を脱《ぬ》いで下着姿《したぎすがた》で水の中に走って行きました。泳ぐにはまだ寒いころでした。でも、これもみな、ヴォイテクを元気にさせるためなのです。一度水に飛《と》びこむと、ヴォイテクはもう悲しみを振《ふ》り払《はら》ったようでした。クマは水の中で跳《は》ねまわり、水を得《え》た魚のように、何度も何度も海に飛《と》びこみました。

見物人が集まって来て、浜辺《はまべ》から拍手《はくしゅ》を送りました。人々は思いました。『たぶん、この人たちとクマはサーカスからやって来たのだろう。だけど、戦争《せんそう》が行われている国でサーカスが何をしてるんだろう？』と。だから、男たちが制服《せいふく》を着て、軍用《ぐんよう》トラックで去って行くのを見て、狐《きつね》につままれたような顔をしていました。

兵士《へいし》たちは、そんな人々の困惑《こんわく》ぶりに気づくことはありませんでした。寒さで震《ふる》えてそれどころではなかったのです。

「コーヒーをくれ。とにかくコーヒーがほしい」ピョートルが青ざめた唇《くちびる》で言いました。それから、「おまえはどうだ?」とヴォイテクに声をかけました。

「うーん。ぼくにはよく冷《ひ》えたビールを」スタニスワフが、低いうなり声のような声音《こわいろ》で、ヴォイテクに代わって答えました。

# 20 うれしい知らせ

「ヴォイテク、ろくでなしのクマ、どこにいる？」スタニスワフは宿営地《しゅくえいち》の中を走りまわっていました。二、三歩進むごとに立ちどまってヴォイテクの名前を呼《よ》びました。けれども、ちょっと考えれば、ヴォイテクの居場所《いばしょ》はちゃんとわかったでしょうし、クマをさがして、まぬけなニワトリみたいに走りまわることもなかったでしょう。

ヴォイテクは、ダルメシアンとスターリンといっしょに調理場にいました。カシカがいなくなってから、スターリンは二頭の仲間《なかま》に加《くわ》わっていたのです。

「おい、ヴォイテク、おいったら！」ようやくクマを見つけたスタニスワフは声をかけました。でもヴォイテクは、スタニスワフのほうを見ようとはしませんでした。

クマの意識《いしき》はすっかり料理人《りょうりにん》のほうに向けられていました。「抜《ぬ》け目なく気を配っていないと、おいしい食べ物にありつけないぞ。それどころか、だれかに横取りされてしまうかもしれないぞ」そう思っていたのです。

スタニスワフは、ヴォイテクの注意を引こうと、クマのまん前に立って、腕《うで》を振《ふ》りはじめました。ヴォイテクはうなっただけでした。

「こいつらをよそに連《つ》れて行ってくれ」料理人《りょうりにん》が調理場の騒音《そうおん》に負けないように大声を張《は》り上げました。「この三匹《びき》は、朝からずっと食べ物をねだっているんだ」

「そうか。なら、何かやったらどうだ」スタニスワフがどなり返しました。そして、ふたたびヴォイテクにむかって腕《うで》を振《ふ》りはじめました。ヴォイテクには、どうしてスタニスワフがしきりに手を動かして、ベレー帽《ぼう》を指さしているのかわかりませんでした。

「見ろ、ヴォイテク、見ろ!」スタニスワフはベレー帽《ぼう》を脱《ぬ》ぐと、ヴォイテクの目の前に突《つ》き出しました。それでもクマの目は、ベレー帽《ぼう》を通り越《こ》して、料理人《りょうりにん》と、調理台の上の、肉の切り身が入った大きなボウルとチーズの山に、じっと注《そそ》がれていました。

ピョートルとヤヌシュ、パヴェウ、ロレクも走って来ました。

「ヴォイテク！　おい、ヴォイテク！」彼《かれ》らはさけびました。

兵士《へいし》たちは自分を追い払《はら》いに来たんだろう、とヴォイテクは考えました。兵士《へいし》たちの騒《さわ》ぎは犬たちの注意を引きつけました。ダルメシアンはわんわん吠《ほ》えはじめ、スターリンは地面に伏《ふ》せると、首をかしげてまじめな顔で、小躍《こおど》りしている兵士《へいし》たちをながめていました。

「シャンパンだ！」ピョートルが料理人《りょうりにん》に言いました。

「どうしたんだ？　とうとうドイツ軍《ぐん》を追い払《はら》ったのか？」彼《かれ》はピカピカの包丁《ほうちょう》でタマネギを切りながらたずねました。

「これを見てくれ！」スタニスワフが言いました。料理人《りょうりにん》はスタニスワフが指さしているものを見ました。すると、包丁《ほうちょう》を置いて、エプロンで手をぬぐうと、調理場の外に走って行きました。

もどって来たときには、瓶《びん》を手にしていました。

「実を言うと、これは勝利《しょうり》を祝《いわ》うときのために取っておいたんだ」料理人《りょうりにん》は言いました。

ポンっという音とともに、シャンパンの瓶《びん》は開けられました。でも、動物たちは飛《と》び上がったりはしませんでした。もっと大きな爆発音《ばくはつおん》にも慣《な》れていたからです。

「だけど、これがお祝《いわ》いでなければ、何がお祝《いわ》いだろう。おまえさんたちはどうだか知らんが、おれは待ってられない！　待ちくたびれて目の下にクマができるのはごめんだ！」料理人《りょうりにん》は自分で言った冗談《じょうだん》に笑《わら》いました。そして、「もっとよく見せてくれ」とスタニスワフに頼《たの》みました。スタニスワフのベレー帽《ぼう》をとっくりながめながら、感激《かんげき》のあまり口笛《くちぶえ》を吹《ふ》きました。

ベレー帽《ぼう》には、ポーランド第二軍団輸送中隊《だいにぐんだんゆそうちゅうたい》の新しい紋章《もんしょう》がついていました。それは、前足で砲弾《ほうだん》を抱《かか》えるクマの図柄《ずがら》でした。

紋章《もんしょう》は、兵士《へいし》たち全員のベレー帽《ぼう》と制《せい》服《ふく》につけられただけでなく、すべてのトラックの車体にも描《えが》かれました。一年ほど前に中隊《ちゅうたい》を視察《しさつ》に来た大佐《たいさ》は約束《やくそく》を守ったのです。「このクマがけっして忘《わす》れられないようにしよう。わしが約束《やくそく》する」大佐《たいさ》はそう言っていました。

まず料理人《りょうりにん》が、瓶《びん》から直接《ちょくせつ》シャンパンをぐいっと一口飲みました。それから瓶《びん》をピョートルに手渡《てわた》しました。ピョートルも一口飲んで、スタニスワフに手渡《てわた》しました。スタニスワフは考えなしに、ヴォイテクにまわしました。ヴォイテク

は高価《こうか》で貴重《きちょう》なシャンパンをまだ飲んでいない者に一滴《いってき》も残《のこ》さずに、飲み干《ほ》してしまいました。

「クマちゃん、ありがとよ」スタニスワフは言いました。そして調理台に近よると、牛肉のひき肉を一握《ひとにぎ》りつまみ上げて、犬たちに与《あた》えました。

「今夜のスパゲッティはソース抜《ぬ》きだぞ」料理人《りょうりにん》は笑《わら》いました。

「さあ、仕事にもどろう」ピョートルが言いました。

彼《かれ》らはトラックに乗って、港に向かいました。港には、毎日、弾薬《だんやく》や大砲《たいほう》の部品を載《の》せた船が到着《とうちゃく》しました。決戦《けっせん》のときが迫《せま》っていました。連合国軍《れんごうこくぐん》は、銃弾《じゅうだん》や迫撃砲《げきほう》や手榴弾《しゅりゅうだん》や砲弾《ほうだん》を必要《ひつよう》としていました。ヴォイテクはどんな荷物《にもつ》も運ぶのを手伝《てつだ》いました。そして行く先々で人々の度肝《どぎも》を抜《ぬ》きました。

最後《さいご》の戦《たたか》いは、四週間続《つづ》きました。山中に潜伏《せんぷく》していたドイツ軍は、四方八方《しほうはっぽう》から、機銃掃射《きじゅうそうしゃ》や飛行機《ひこうき》から投下《とうか》される無数《むすう》の爆弾《ばくだん》による攻撃《こうげき》を受けました。爆弾《ばくだん》は巨大《きょだい》な雨粒《あまつぶ》のように空から降《ふ》り注《そそ》ぎ、地面は粉々《こなごな》に砕《くだ》けました。

爆発音《ばくはつおん》や砲撃《ほうげき》の音が、昼も夜も続《つづ》きました。攻撃《こうげき》の手はじりじりとドイツ軍に迫《せま》り、輸送中隊《ゆそうちゅうたい》の男たちは、前線で戦《たたか》う友軍の兵士《へいし》たちに物資《ぶっし》を届《とど》けるために、ますます長い距離《きょり》を走りました。彼《かれ》らの乗ったトラックは、崩《くず》れ落ちた教会やなぎ倒《たお》された森のそばを通りすぎ、鉄条網《てつじょうもう》の間を抜《ぬ》け、すっかり破壊《はかい》された道路を進みました。地雷《じらい》や不発弾《ふはつだん》の危険《きけん》を知らせる標識《ひょうしき》がありました。橋という橋が粉々《こなごな》に爆《ばく》破《は》された川も渡《わた》らなければなりませんでした。いたるところで、焼《や》け落ちた民家《みんか》や黒焦《くろこ》げの車を目にしました。

「もし憎《にく》い敵《てき》でなかったら、ドイツ人は本当に尊敬《そんけい》に値《あたい》する連中《れんちゅう》だよ」彼《かれ》らが撤退《てったい》した陣地《じんち》を通りすぎながら、スタニスワフが言いました。「連中の命運《めいうん》は尽《つ》きたというのに、まだ抵抗《ていこう》し続けているんだから」

「いったいだれがこれを元どおりに建《た》て直すんだろうな？」瓦礫《がれき》の山と化《か》した村を通り抜《ぬ》けながら、ピョートルがため息をもらしました。ヴォイテクはピョートルの体の上に身を乗り出し、窓《まど》から頭を突《つ》き出して、疲《つか》れたようすで荷車《にぐるま》を引いている馬を見つめていました。

荷車《にぐるま》の上には、焼失《しょうしつ》をまぬがれた家財道具《かざいどうぐ》といっしょに、ひと家族が乗っていました。スタニスワフはクラクションを鳴らしながら通りすぎました。彼《かれ》らは笑《わら》って手を振《ふ》りました。子どもたちは興奮《こうふん》してヴォイテクを指さしました。スタニスワフは車を停《と》めて、食べ物を少し両親に分けてあげました。

トラックにもどったとき、スタニスワフは言いました。「おれたちが前進し続《つづ》けるかぎり、おれたちは勝ち続《つづ》ける。そして、勝ち続《つづ》けるかぎり、おれたちは前進し続《つづ》ける」

「どういう意味だ？」ピョートルがたずねました。

「いつの日か、おれたちはドイツ人たちをあいつらの国まで追い払《はら》うだろう、そして連中《れんちゅう》がそこに着いたら、あいつらのまわりに大きなフェンスをめぐらせて、その上に巨大《きょだい》なドームで蓋《ふた》をする。そして、この先もう二度とあいつらの顔を見たり、ザウアークラウトの嫌《いや》な匂《にお》いをかいだりしなくてもいいように閉《と》じこめるんだ」

　スタニスワフは深く息を吸《す》いこむと、陽気に言いました。「そう言えば、今日は昨日《きのう》よりもザウアークラウトの匂《にお》いが薄《うす》いんじゃないか？」

　ピョートルは頭を振《ふ》って、タバコに火をつけました。「ぼくは、こいつがあればいやな匂《にお》いなんか気にならないけどね」そう言って、大きな煙《けむり》の雲を吐《は》き出しました。

　でも、スタニスワフが言ったことは本当でした。その日の夕方、彼《かれ》らが宿営地《しゅくえいち》にもどると、パヴェウがトラックに駆けよって来ました。

「死んだぞ！」彼《かれ》は大声で言いました。「死んだんだ！　強力なリーダーが死んだ！」

「何だって？　だれが死んだんだ？」ピョートルが窓《まど》からどなりました。

「もちろん、ヒトラーさ！」

「こりゃ、おったまげた」スタニスワフはさけび、急ブレーキを踏《ふ》みました。おかげでピョートルとヴォイテクはフロントガラスに頭をぶつけました。スタニスワフはトラックから飛《と》び降《お》りると、パヴェウに飛《と》びつきました。その上に、ピョートル、そしてヤヌシュとロレクが飛《と》びついて、折《お》り重なりました。

ヴォイテクは、兵士《へいし》たちの山のまわりをうろうろ歩いていましたが、やがて一番手近にある脚《あし》――それはパヴェウの脚《あし》でした――をつかみました。ヴォイテクはパヴェウを兵士《へいし》の山から引っ張《ぱ》り出し、それからほかの者の脚《あし》を引っ張《ぱ》りはじめました。やがて兵士《へいし》たちははしゃぐのをやめて、ヴォイテクに襲《おそ》いかかりました。兵士《へいし》たちは、ヴォイテクに振《ふ》り落とされるまで戯《たわむ》れていました。クマは鼻を宙《ちゅう》に向けて、鼻孔《びこう》をひくひくさせました。

「何かをかぎ取っているんだ」ロレクが言いました。

「腐《くさ》ったザウアークラウトの匂《にお》いだろう」スタニスワフが言いました。

「いや、ビールだ」ヤヌシュが言いました。「さっき、ビールの樽《たる》をいくつも運んでいるのを見たから」

宿営地《しゅくえいち》はお祝《いわ》いムードでした。ヴォイテクは、生涯《しょうがい》で一番楽しい時期を迎《むか》えようとしていました。兵士《へいし》たちはまだ故郷《こきょう》に帰ることはできませんでした。でも、もう戦《たたか》うことはありません。戦争《せんそう》は終わったのです。

彼《かれ》らは海のそばの新しい宿営地《しゅくえいち》に移動《いどう》しました。ヴォイテクは毎日水浴《みずあ》びをし、梨《なし》やアンズや桃《もも》やリンゴをたらふく食べました。イタリアは傷《きず》つき、ぼろぼろになっていました。それでも、木々は、たわわに実をつけていました。まるで、「未《み》来《らい》を思え、人生は続《つづ》くのだから」とでも言うかのように。

兵士《へいし》たちが、クマの大食いを謝《あやま》ると、農夫《のうふ》たちはみな言いました。「心配しなさんな。クマに自由の味を味あわせてやんなさい。そして、あんた方もほしいものは何でも取って食べたらいい」

兵士《へいし》たちがようやくイタリアを離《はな》れる命令《めいれい》を受けたのは、それから一年以上《いじょう》後の一九四六年の秋のことでした。彼《かれ》らはまだ故郷《こきょう》に帰ることができませんでした。ドイツ軍《ぐん》はポーランドから去りました。でも、今はソ連が国を占領《せんりょう》していました。

ポーランドはまだ解放《かいほう》されていなかったのです。

イギリス軍《ぐん》とともに戦《たたか》ったポーランド兵たちは、スコットランドに迎《むか》えられることになりました。彼《かれ》らはふたたび船に乗りました。こんどは動物たちを乗船させるのに何の問題もありませんでした。

ヴォイテクは、自分用の配給切符《はいきゅうきっぷ》までもらっていました。配給品《はいきゅうひん》は、一週間はもつはずでした。でもヴォイテクは、タバコが全員に配られる前に、自分の分はさっさと食べてしまい、すぐにチョコレートと砂糖《さとう》に手をつけはじめました。数時間後、日が暮《く》れるころには、クマはピョートルたちのところに行って、何かおいしい物をせびろうとしていました。

「おまえはどんどん太っているから、もう何もやらないからな」ピョートルは言いました。

「もう二百キロ以上あるんだから、あと一、二キロ増《ふ》えるのがなんだっていうんだ?」スタニスワフが、ヴォイテクに板チョコを渡《わた》しながら言いました。そして、

## イタリアからイギリスへ

スタニスワフは自分のチョコレートとタバコが無《な》くなると、ほかの者にねだりに行くのでした。

だれもがだれかに配給品《はいきゅうひん》をねだっていました。ついには船のどこをさがしても、一つのキャンディーもタバコも残《のこ》っていませんでした。兵士《へいし》たちは、そろそろスコットランドに着くころだと思いました。

# 21 スコットランド

「クマだ！　クマだ！」ヴォイテクが乗った船がグラスゴーの港に入ったとき、波《は》止場《とば》から子どもたちがさけびました。ヴォイテクは手すりによりかかって、雨の中で手をふっているたくさんの人々を物珍《ものめず》らしげにながめていました。

船が埠頭《ふとう》に着くと、ポーランドとイギリスの兵士《へいし》たちは、国ごとにまとまって、タラップを降《お》りて行きました。ヴォイテクは、後ろ足で立って、彼《かれ》らといっしょに歩いて行きました。

だれもが大きな褐色《かっしょく》の兵士《へいし》を見ようと押《お》しよせました。ヴォイテクはその瞬間《しゅんかん》を楽しんでいました。みんなは、ヴォイテクが指揮官《しきかん》で、このクマの指揮《しき》下《か》で男たちは戦《たたか》ったのだと思ったことでしょう。だから、部隊《ぶたい》の兵士《へいし》たちはみな、制服《せいふく》にヴォ

イテクの絵をつけているのだと。

できることなら、ヴォイテクは喜《よろこ》んでいつまでも行進を続《つづ》けたことでしょう。足の下の大地の感触《かんしょく》はすばらしく、人々の拍手《はくしゅ》や歓声《かんせい》は本当にすてきでしたから。でも、もう部隊《ぶたい》が解散《かいさん》するときでした。

故郷《こきょう》の土を踏《ふ》んだイギリス人の兵士《へいし》たちは、それぞれ去って行きました。けれども、ポーランドの兵士《へいし》たちは辛抱強《しんぼうづよ》く待たなければなりませんでした。スコットランドの東側《ひがしがわ》に宿営地《しゅくえいち》が用意され、彼《かれ》らはそこに滞在《たいざい》することになりました。

ヴォイテクとポーランド兵《へい》たちがトラックに乗りこんだとき、スターリンとダルメシアンはすでにイギリス人の兵士《へいし》たちといっしょに去っていました。

「ああいう別《わか》れ方のほうがいいな」トラックで新しい家に向かう途中《とちゅう》、ピョートルが言いました。動物たちは、これでお別《わか》れだとはわからなかっただろうけど」

「さよならを言うのは人間だけさ」スタニスワフが言いました。「動物たちはただ別《わか》れる。泣いたりせずに。それが一番いい別《わか》れ方だ」

ほかの者もうなずきました。

「戦争《せんそう》はいつもさよならばかりだ」ロレクが言いました。

「おい、ロリー。また泣《な》き言《ごと》を並《なら》べだすのは勘弁《かんべん》してくれよ」スタニスワフが言いました。「きみはおれたちを娘《むすめ》たちみたいに泣《な》かせるけど、泣《な》いたってしかたないんだから」

兵士《へいし》たちが黙《だま》って外をながめたり、窓《まど》を流れ落ちる雨粒《あまつぶ》を見つめたりしていると、ヴォイテクが車の換気口《かんきこう》に鼻を押《お》しつけました。ここはちがう匂《にお》いがするのです。興味深《きょうみぶか》げに、クマはなじみのない匂《にお》いに触《ふ》れました。それは、ヴォイテクの新しい家となる、スコットランドの匂《にお》いでした。

「おい、ここに来るんだ」ある日の午後、ピョートルがクマに言いました。手には首輪《くびわ》のついた鎖《くさり》を握《にぎ》っていました。ヴォイテクはまたしても調理場を襲撃《しゅうげき》したのです。もちろん、新しい宿営地《しゅくえいち》の料理人《りょうりにん》もヴォイテクと友だちになっていました。それでも料理人《りょうりにん》は、クマが食べ物に近《ちか》よれないように何か手を打つことをピョートルに頼《たの》みました。

ピョートルはヴォイテクの首に首輪《くびわ》を取りつけようとしました。ところが、どうしてもしっかりとめることができません。「また体重が増《ふ》えたんじゃないだろうな？」よく見ると、首輪《くびわ》をとめる穴《あな》がもう残《のこ》っていませんでした。

「急げ」スタニスワフがジープから呼《よ》びました。「もう遅刻《ちこく》だぞ」

「わかってる」ピョートルが答えました。「だけど、ヴォイテクに首輪《くびわ》をつけなきゃいけないんだ」

「首じゃなくて、足につけたらどうだ？」

「象《ぞう》みたいにか？」

「まあ、試《ため》してみろよ」スタニスワフが答えました。そしてピョートルはヴォイテクの後ろ足に首輪《くびわ》を取りつけました。

「すぐにもどって来るからな、食いしん坊《ぼう》」スタニスワフが窓《まど》から声をかけ、タイヤの音をきしませながら、急発進しました。

ヴォイテクはすわりこんで、じっと自分の足をながめていましたが、まもなく首《くび》輪《わ》を引っ張《ぱ》りはじめました。

ピョートル、スタニスワフ、パヴェウ、ヤヌシュ、そしてロレクがホールに駆《か》けこんで来たとき、大勢《おおぜい》の男女はすでに椅子《いす》にすわって待っていました。五人を見ると、みんな拍手《はくしゅ》で迎《むか》えました。ピョートルが遅《おく》れたことを謝《あやま》りましたが、だれも気にしていませんでした。兵士《へいし》たちはすぐに一番前の席《せき》に案内《あんない》されました。

「紳士《しんし》淑女《しゅくじょ》のみなさま、ようこそおいでくださいました」会議《かいぎ》の議長《ぎちょう》が話しはじめました。「わたしたちは今日、特別《とくべつ》な投票《とうひょう》のためにここに集まっています」

「いいぞ、いいぞ」出席者《しゅっせきしゃ》の中から数人がさけびました。

「今日、わたしたちは新しい会員を選《えら》ぶことになっています」出席者《しゅっせきしゃ》の目は前列の五人の兵士《へいし》に注《そそ》がれました。

「わたしたちスコットランド・ポーランド協会《きょうかい》の会員は、ヴォイテク二等兵《にとうへい》が協会《きょうかい》のメンバーになることに合意しています。しかしながら……」ここで、議長《ぎちょう》は言葉を切り、上着のポケットの中に手を入れ、何かを取り出して掲《かか》げました。それは、ポーランド第二軍団輸送中隊《だいにぐんだんゆそうちゅうたい》の紋章《もんしょう》でした。

「どうやってあれを手に入れたんだろう」スタニスワフがささやきました。

「会員のみなさま」議長はふたたび話しはじめました。「この類《たぐい》まれな兵士《へいし》は実に偉大《いだい》なことを成《な》しとげました。彼《かれ》はポーランド軍《ぐん》のために砲弾《ほうだん》の運び手として働《はたら》いてくれました。でも、それだけではありません。もっと重要《じゅうよう》な務《つと》めを果《は》たしました。彼《かれ》は兵士《へいし》たちのマスコットでした、そして、わたしたちの自由のために戦《たたか》った若者《わかもの》たちにとって、大きな支《ささ》えになったのです」会場全体から大きな拍手《はくしゅ》がわき、歓声《かんせい》が上がりました。

「いったい、何を計画しているんだろう？」ピョートルがつぶやきました。

「でありますから、紳士淑女《しんししゅくじょ》のみなさま……」ここで議長《ぎちょう》は言葉を切って、水を一口飲みました。「わたくしは、ヴォイテク二等兵《にとうへい》を当協会《とうきょうかい》の会員にするだけでなく、終身名誉会員《しゅうしんめいよかいいん》にすることを提案《ていあん》するものであります」

会員たちは全員立ち上がり、歓声《かんせい》を上げ、拍手《はくしゅ》し、「ブラボー」とさけびました。兵士《へいし》たちに一番近い人々は彼《かれ》らの背中《せなか》をポンっと叩《たた》きました。

「賛成《さんせい》していただけますか？」議長《ぎちょう》は場内の喧騒《けんそう》に負けないように声を張《は》り上げ、小槌《こづち》でトンと演台《えんだい》をたたきました。会場はようやく静《しず》かになりました。

「賛成《さんせい》の方は挙手《きょしゅ》を願《ねが》います」議長《ぎちょう》は言いました。部屋にいた全員が手を挙《あ》げました。その後に拍手《はくしゅ》と歓声《かんせい》が続《つづ》きました。人々はポーランドの国歌を歌い、続《つづ》いてイギリスの国歌を歌いました。それから、ウォッカとウイスキーでお祝《いわ》いしました。

議長《ぎちょう》は蜂蜜《はちみつ》の入った壺《つぼ》を兵士《へいし》たちにプレゼントしました。

「きっとヴォイテクは喜《よろこ》んでくれるでしょう」

「うーん」とスタニスワフ。

「何か不都合《ふつごう》でも？」議長《ぎちょう》はたずねました。

「いや実は、あいつはビールのほうが好《す》きなんです」ピョートルが言いました。

「それにタバコも」スタニスワフがつけ加《くわ》えました。

議長《ぎちょう》は眉《まゆ》を吊《つ》り上げ、ビールの瓶《びん》を取りに行きました。「それでは、蜂蜜《はちみつ》はわたしのために取っておきましょうかね」議長《ぎちょう》はそう言って、笑《わら》いました。


その日の夕方、五人の兵士《へいし》を乗せたジープは、さっと急ハンドルを切って宿営地《しゅくえいち》に入りました。ロレクがきちんと車を停《と》める前に、ピョートルとスタニスワフが飛び降《お》りました。

ふたりは、後ろの座席《ざせき》からビールの瓶《びん》を取り出すと、ヴォイテクを残《のこ》していった場所に走って行きました。

「ああ、なんてこった！」ピョートルは肩《かた》を落とし、酔《よ》いが一気に醒《さ》めてしまいました。地面に鎖《くさり》と首輪《くびわ》が転がっていました。ところが、ヴォイテクの姿《すがた》がどこにも見当たりません。

「ぼくたち、料理人《りょうりにん》に殺《ころ》されるぞ」ピョートルが言いました。

「ぼくたちじゃなくて、きみがだろう」ふたりは調理場に向かいました。でも、そこにはヴォイテクはいませんでした。

「あいつなら見ていないよ」料理人《りょうりにん》が上機嫌《じょうきげん》なようすで言いました。

まもなくヴォイテクがのそのそ歩いてやって来ました。体はずぶぬれで、頭の上にスイレンの葉っぱをのせていました。

「これは、いったい……」ピョートルが声を上げました。

「おやっ、あれはおとなりさんだ」スタニスワフが言いました。見れば、宿営地《しゅくえいち》のとなりの農園の主人が走って来るところでした。見張《みは》り番をしていた兵士《へいし》がすぐあとからついて来ます。

「そいつはうちの池にいたんだ。あんた方のクマかね？」農夫《のうふ》は兵士《へいし》たちに言いました。

ヴォイテクは地面にすわりこむと、前足で目をおおいました。

ピョートルは謝《あやま》り、スタニスワフはヴォイテクの体についた水草や浮草《うきくさ》をつまみ取りはじめました。

「クマが池に飛《と》びこんだとき、それはもう大きな水しぶきが上がったんだよ」農夫《のうふ》は話を続《つづ》けました。「池のコイが一匹残《いっぴきのこ》らず宙《ちゅう》に飛《と》び上がっちまった。そんでもって、魚が雨みたいに降《ふ》って来たんだ」

スタニスワフは思わず噴《ふ》き出してしまいました。「す、すみません、すみません」彼《かれ》は笑《わら》いながら言いました。そして、仰向《あおむ》けにひっくり返って、げらげら笑《わら》いました。ほかの者も笑《わら》いだしました。農夫《のうふ》もそれに加《くわ》わりました。ピョートルは農夫《のうふ》にビールを一瓶渡《ひとびんわた》しました。ビールの栓《せん》が開く音に、ヴォイテクは前足をどけました。そして、ぼくも一本もらえないかな、といった顔で、ようすをうかがいました。

ヴォイテクがもらったビールを飲み干《ほ》すと、ピョートルは、「二度とこのようなことは起こしません」と農夫《のうふ》に約束《やくそく》しました。「これからはしっかり鎖《くさり》でつないでおきますから」

「本当か？」スタニスワフが言いました。
「本当だとも」ピョートルは答えました。
男たちは顔を見合わせながら、笑《わら》いました。

# 22 別《わか》れ

スコットランドに到着《とうちゃく》してから一年後、兵士《へいし》たちは、ついに故郷《こきょう》に帰れるという知らせを受け取りました。男たちは大喜《おおよろこ》びで宿営地《しゅくえいち》を走りまわりました。けれども、浮《う》かない顔をした男たちが五人いました。ピョートル、スタニスワフ、パヴェウ、ヤヌシュ、そしてロレクです。

「あいつを連れていくことはできないぞ」ロレクが言いました。

「いや、連れていく」ピョートルが言いました。

「きみの両親が喜《よろこ》ぶと思うかい?」ヤヌシュが言いました。

「じゃあ、どこか住むところをさがすさ」

「仕事に行くとき、あいつはどうする?」パヴェウが言いました。

「いっしょに連《つ》れて行ける仕事をさがすさ」

「じゃあ、動物園で働《はたら》くのか？」スタニスワフが言いました。「ワルシャワの動物園は瓦礫《がれき》の山だろうよ。仕事の口なんかないぞ」

ピョートルは肩《かた》をすくめました。「それでも連《つ》れていく」

出発の日がだんだん近づいてきましたが、ポーランドから届《とど》くニュースは明るいものではありませんでした。ドイツとソ連《れん》に占領《せんりょう》されていた祖国《そこく》は、どこも大変《たいへん》な混乱状態《こんらんじょうたい》で、レンガ一個《こ》、石一個《こ》、戦争前《せんそうまえ》と同じところにはないようなありさまだと言うのです。

「ぼくは前に一度動物園にかけあったことがある。スコットランドでも試《ため》してみないか？」ロレクが提案《ていあん》しました。

「ぼくたちもいっしょに行く」パヴェウ、ヤヌシュ、スタニスワフが言いました。

そしてピョートルもついに、仲間《なかま》のアドバイスにしたがうほかに選択肢《せんたくし》がないことを悟《さと》りました。

　それは一九四七年、十一月十五日のことでした。彼《かれ》らは最後《さいご》の旅のためにトラックに乗りこみました。ピョートル、ヴォイテク、スタニスワフが前の座席《ざせき》に、ヤヌシュ、パヴェウ、ロレクが後ろの座席《ざせき》にすわりました。エディンバラの動物園に着くと、門の前で園長が待っていました。

　ヴォイテクはトラックから降《お》りると、物珍《ものめず》らしげにまわりを見まわしました。

「どうぞこちらへ」園長は言いました。動物園ではヴォイテクのために、ペンギンの飼育舎《しいくしゃ》のとなりに新しい家を用意していました。クマは、安心したようすで、囲《かこ》いの中に入り、兵士《へいし》たちもあとに続《つづ》きました。

　彼《かれ》らは愛情《あいじょう》をこめて、二、三度ヴォイテクを叩《たた》き、ピョートルは鎖《くさり》を外しました。

「おい、砲弾運《ほうだんはこ》びのクマ公」スタニスワフが言いました。「いい子にするんだぞ、わかったか？」

帰り道、男たちは長いあいだ口を利《き》きませんでした。運転席《うんてんせき》のすきまから強い風が吹《ふ》きこんでいたので、スタニスワフはタバコに火をつけることもできませんでした。

「代わりに火をつけてくれないか？」スタニスワフはピョートルに頼《たの》みました。ようやくタバコに火がつくと、ピョートルは言いました。「こうするしかなかったんだよな？」

「ああ。五年前に、袋《ふくろ》の中に置いて行くわけにはいかなかったようにな」

そして、兵士《へいし》たち全員がポーランドに向けて出発する日がやって来たとき、ピョートル、スタニスワフ、ロレク、ヤヌシュ、そしてパヴェウは、スターリンやダルメシアンと同じことをしました。

動物たちと同じように、泣《な》いたりせずに、ただ静《しず》かに、去っていったのです。

## 結《むす》び

ヴォイテクは一九四二年の一月に、イランの山の中で生まれました。そして、一九六三年の十二月二日に、スコットランドのエディンバラ動物園で亡《な》くなりました。

ヴォイテクはポーランドの軍隊《ぐんたい》で五年間暮らしました。そして残《のこ》りの生涯《しょうがい》を動物園ですごしました。ピョートル・プレンディシュはつらい決断《けつだん》をし

なければなりませんでした。ピョートルには、ヴォイテクを連《つ》れてポーランドに帰れないことがわかっていました。

ヴォイテクは、仲《なか》のよかった兵士《へいし》たちがいなくなって、最初はさびしがりました。でも、まもなく飼育係《しいくがかり》と友だちになりました。だれかがポーランド語でしゃべっていると、じっと耳をすまし、柵《さく》に駆《か》けよってタバコをねだりました。

ヴォイテクは世界で一番有名なクマになりました。動物園ではみんなの人気者になり、世界各地《せかいかくち》からジャーナリストたちが会いに来て、ヴォイテクのことを記事に書きました。動物園の園長も、ヴォイテクに話しかけによく飼育舎《しいくしゃ》を訪《おとず》れました。

ヴォイテクはシリアヒグマです。シリアヒグマは、ヒグマの亜種《あしゅ》で、ふつうのヒグマよりも体が小さく、毛が明るい色をしています。この種類《しゅるい》のクマは世界にわずかしか残《のこ》っていません。けれども時々、シリアやイラン、イラクの山の中で目撃《もくげき》されることがあります。

もしも兵士《へいし》たちがクマを少年から買い取らなかったなら、おそらくヴォイテクはサーカスに売られていたことでしょう。それとも、*鼻輪《はなわ》をつけられ、熱《あつ》い鉄板の上で踊《おど》りをおぼえさせられたかもしれません。

ヴォイテクの友だちの多くは一九四七年にポーランドに帰って行きました。けれども、スコットランドに残《のこ》った者もいました。彼《かれ》らはときどきヴォイテクに会いに動物園に行き、柵《さく》を乗り越《の》えて、ヴォイテクと遊びました。飼育係《しいくがかり》に怒《おこ》られても、ヴォイテクの友だちはちっとも耳を貸《か》しませんでした。

第二次世界大戦《だいにじせかいたいせん》の間、ヴォイテクは、ヨーロッパを解放《かいほう》するために日々奮闘《ふんとう》する輸送部隊《ゆそうぶたい》の百二十人の兵士《へいし》たちに勇気《ゆうき》を与《あた》えました。兵士《へいし》たちの気持ちを奮《ふる》い立たせ、気力を支《ささ》え続《つづ》けたのです。そしてそれだけでなく、ヴォイテクに接《せっ》した者はだれもが――えらい大佐《たいさ》も、十歳《さい》のイタリアの少年も――ひとときの間、周囲《しゅうい》の悲惨《ひさん》さを忘《わす》れることができました。ヴォイテクはみんなの友だちであり、戦争《せんそう》に耐《た》える力を与《あた》えてくれるマスコットでした。そう、あの日アレクサンドリアの港で、イギリス人の伍長《ごちょう》にピョートルが語ったように。

＊鼻輪《はなわ》を〜…昔、見世物用のクマに踊《おど》りの芸《げい》を仕こむときに、クマを熱《ねっ》した鉄板の上に立たせた。そうするとクマは、足の裏《うら》が熱《あつ》くて片足《かたあし》を交互《こうご》に上げて踊《おど》るような動きをするからである。このとき同時に楽《がっ》器《き》を鳴らして条件《じょうけん》づけをすると、その後も楽器《がっき》の音を聞いただけで、クマは踊《おど》り出すようになるという。

参照《さんしょう》させていただいた以下の著作《ちょさく》に感謝《かんしゃ》します。
ジェフリー・モーガン&W. A. ラソツキ『兵隊《へいたい》グマ』
イーヴリン・ル・シェン『もの言わぬヒーローたち』
ノーマン・デイヴィス『第二次大戦中《だいにじたいせんちゅう》のヨーロッパ』
また、見学の際《さい》にお世話になり、この本のために写真を提供《ていきょう》してくれたロンドンのシコルスキ博物館《はくぶつかん》にもお礼を申し上げます。

砲弾《ほうだん》を運《はこ》ぶクマの紋章《もんしょう》がついたトラックに乗るヴォイテク

カシカとクブシ

ヴォイテクとポーランド兵《へい》

# 訳者《やくしゃ》あとがき

昔むかし、あるところに一頭のクマがいました。クマは兵士《へいし》になって戦場《せんじょう》に行きました……。

こう言うと、おとぎ話か童話《どうわ》のように思われるかもしれません。でも実は、そんなことが本当にあったのです。

第二次世界大戦中《だいにじせかいたいせんちゅう》、故郷《こきょう》の国を奪《うば》われ、異国《いこく》を転々としながら祖国《そこく》を取りもどすための戦《たたか》いに身を投じたポーランド人の兵士《へいし》たちがいました。彼《かれ》らは一頭のみなしごの子グマと出会い、その子グマを引き取って、部隊《ぶたい》のマスコットにします。ヴォイテクと名付《なづ》けられたクマは、兵士《へいし》たちにより添《そ》い、彼《かれ》らに過酷《かこく》な運命の中で生き抜《ぬ》く力と勇気《ゆうき》を与《あた》えました。

この本はそんな実話を、オランダの児童文学作家《じどうぶんがくさっか》のビビ・デュモン・タックさんが、ヴォイテクを知っていた人々の証言《しょうげん》や記録《きろく》をもとに、若《わか》い読者のために物語化した作品です。

すこし複雑《ふくざつ》ですが、まずはヴォイテクとポーランド兵《へい》たちが辿《たど》った道とその歴史《れきし》的背景《てきはいけい》をお話しましょう。

第一次大戦後《だいいちじたいせんご》の混乱《こんらん》とそれに続《つづ》く世界大恐慌《せかいだいきょうこう》によって社会不安《しゃかいふあん》が高まったドイツでは、ヒトラー率《ひき》いるナチス党《とう》が台頭《たいとう》し、やがて政治《せいじ》の実権《じっけん》を握《にぎ》ります。民主主義《みんしゅしゅぎ》を否定《ひてい》し、全体主義《ぜんたいしゅぎ》と軍国主義《ぐんこくしゅぎ》を掲《かか》げるナチス政権《せいけん》は、国内では独裁体制《どくさいたいせい》を敷《し》き、対外的《たいがいてき》には領土拡張《りょうどかくちょう》の野心を露《あら》わにしてオーストリア、チェコスロヴァキアといった周辺国《しゅうへんこく》を支配下《しはいか》に置《お》いてゆきます。次にドイツが狙《ねら》ったのはポーランドでした。一九三九年九月、ナチス・ドイツがポーランドに進撃《しんげき》すると、それに対抗《たいこう》してイギリスとフランスがドイツに宣戦《せんせん》し、第二次世界大戦《だいにじせかいたいせん》が勃発《ぼっぱつ》しました。これに先立って、ドイツはソビエト連邦《れんぽう》との間に不可侵条約《ふかしんじょうやく》と、ポーランドを両国で分割《ぶんかつ》する密約《みつやく》を結《むす》んでいました。そして、ドイツに続《つづ》いてポーランドに侵攻《しんこう》したソ連《れん》はポーランドの東側《ひがしがわ》を、ドイツは西側《にしがわ》を占領《せんりょう》してしまうのです。ソ連《れん》の支配下《しはいか》に置《お》かれたポーランドでは、多くの市民がソ連各地《れんかくち》の収容所《しゅうようじょ》に送られ、強制労働《きょうせいろうどう》に就《つ》かされるなどして過酷《かこく》な生活を強《し》いられました。

しかし、ドイツとソ連《れん》の関係《かんけい》が悪化《あっか》し、一九四一年六月にドイツが不可侵条約《ふかしんじょうやく》を破棄《はき》してソ連《れん》に宣戦《せんせん》すると状況《じょうきょう》が大きく変《か》わります。ソ連《れん》はドイツと戦《たたか》うイギリスなどの連合国側《れんごうこくがわ》につくことになり、その結果《けっか》、抑留《よくりゅう》していたポーランド人の捕虜《ほりょ》を解放《かいほう》し、ポーランド人たちはドイツに対抗《たいこう》するために軍隊《ぐんたい》を組織《そしき》します。しかし、アンデルス将軍《しょうぐん》が指揮《しき》するポーランド軍《ぐん》は、やがてさまざまな理由からソ連当局《れんとうきょく》と衝突《しょうとつ》し、結局《けっきょく》ソ連軍《れんぐん》とともに戦《たたか》うのではなく、中東《ちゅうとう》でイギリス軍《ぐん》と合流する道を選《えら》び、軍人《ぐんじん》やその家族をイランに移動《いどう》させました。

こうして彼《かれ》ら、ポーランド第二軍団《だいにぐんだん》は、イラン、イラク、シリア、パレスチナ、ヨルダンなど中東《ちゅうとう》の広範囲《こうはんい》にわたって軍事活動《ぐんじかつどう》に従事《じゅうじ》することになりました。このとき、一団《いちだん》の兵士《へいし》がイランの山中で、みなしごの子グマを連《つ》れた地元の少年と出会います。子グマの愛《あい》らしさに魅了《みりょう》され、またその行く末《すえ》を案《あん》じた兵士《へいし》たちは、子グマを引き取って自分たちの手で育てることにします。こうしてヴォイテク（ヴォイチェフという名前の愛称《あいしょう》）と名付《なづ》けられたクマは第二十二輸送中隊《だいにじゅうにゆそうちゅうたい》のマスコットになり、彼《かれ》らと行動を共《とも》にするようになります。

一九四四年二月、ポーランド軍《ぐん》はイタリア半島をドイツ軍《ぐん》の支配《しはい》から解放《かいほう》する任《にん》務《む》に加《くわ》わるために、エジプトのアレクサンドリア港から船でイタリアに渡《わた》ります。

第二次大戦開始当時《だいにじたいせんかいしとうじ》のイタリアでは、ドイツと同じように全体主義《ぜんたいしゅぎ》を掲《かか》げるファシスト党《とう》が独裁体制《どくさいたいせい》を敷《し》いていました。そして、ドイツと同盟関係《どうめいかんけい》にあったイタリアも、一九四〇年六月に参戦《さんせん》しますが、やがて戦況《せんきょう》は悪化《あっか》し、一九四三年七月には、イタリア南部のシチリア島にイギリス・アメリカの連合国軍《れんごうこくぐん》が上陸《じょうりく》します。ファシスト政権《せいけん》は崩壊《ほうかい》し、新政府《しんせいふ》が連合国軍《れんごうこくぐん》に降伏《こうふく》して休戦協定《きゅうせんきょうてい》を結《むす》ぶと、ドイツ軍《ぐん》は、すでに連合国軍《れんごうこくぐん》が占領《せんりょう》している南部を除《のぞ》く地域《ちいき》を支配下《しはいか》に置《お》いてしまいます。また、北部にはファシスト党《とう》のリーダーのムッソリーニが新しいファシスト政府《せいふ》を樹立《じゅりつ》して再起《さいき》を図《はか》ったので、イタリアは連合国軍《れんごうこくぐん》が占領《せんりょう》する南と、ドイツ軍《ぐん》とそれを後ろ盾《だて》とするファシストが支配《しはい》する北とに二分されてしまったのでした。

連合国軍《れんごうこくぐん》は徐々《じょじょ》に半島を北上しながら、イタリアをドイツ軍《ぐん》とファシストの支配《しはい》から解放《かいほう》してゆきますが、ドイツ軍は首都ローマの南に堅固《けんご》な防衛線《ぼうえいせん》を敷《し》いて徹底《てってい》抗戦《こうせん》しました。その防衛上《ぼうえいじょう》の要衝《ようしょう》となったのが、モンテ・カッシーノの岩山でした。ドイツ軍は、古い歴史《れきし》を持つ修道院《しゅうどういん》がそびえるこの岩山を要塞化《ようさいか》し、その攻略《こうりゃく》にてこずった連合国軍《れんごうこくぐん》は何か月にもわたって前進を阻《はば》まれていました。一九四四年五月に行われた、四度目となる最後《さいご》の戦闘《せんとう》にポーランド軍《ぐん》も参加《さんか》し、連合国側《れんごうこくがわ》はついに勝利《しょうり》を手にしますが、第二次大戦中《だいにじたいせんちゅう》でも指折《ゆびお》りの激戦地《げきせんち》となったこのモンテ・カッシーノの戦《たたか》いでは、五万人近い犠牲者《ぎせいしゃ》を出したとも言われています。ヴォイテクが所属《しょぞく》していた部隊《ぶたい》はこの戦《たたか》いで、前線に物資《ぶっし》を補給《ほきゅう》する役目を担《にな》いました。このとき兵士《へいし》たちに付き添《そ》い、その仕事をそばで見ていたヴォイテクは、弾薬《だんやく》の箱などの積《つ》み下ろしの作業を自ら手伝いはじめました。このエピソードがヴォイテクを一躍《いちやく》有名にし、戦場《せんじょう》の「英雄《ヒーロー》」として後の世まで語り継《つ》がれることになったのでした。

ローマを解放《かいほう》した連合国軍《れんごうこくぐん》は北上を再開《さいかい》し、ヴォイテクのいるポーランドの輸送《ゆそう》中隊《ちゅうたい》は、その後、アンコーナやボローニャといったイタリア中・北部の町を解放《かいほう》する戦《たたか》いでも活躍《かつやく》しました。そして、一九四五年五月にドイツが降伏《こうふく》し、ヨーロッパでの戦争《せんそう》はついに終了《しゅうりょう》します。その後もしばらくポーランド軍《ぐん》はイタリアに駐留《ちゅうりゅう》することになりますが、この時期は、ポーランドの兵士たちにとって、しばしの休息の時でもありました。ヴォイテクは、仲間《なかま》の兵士《へいし》たちと遊んだり、おいしい果物《くだもの》を腹《はら》いっぱい食べたり、アドリア海の浜辺《はまべ》で海水浴《かいすいよく》を楽しんだりして、生涯最良《しょうがいさいりょう》のときをすごしました。

一九四六年九月、ポーランド軍《ぐん》の兵士《へいし》たちはナポリから船でイギリスのスコットランドに渡《わた》り、バーウィックシャーのウィンフィールドに設《もう》けられた宿営地《しゅくえいち》での暮《く》らしがはじまりました。ヴォイテクは、川で泳いだり、地元の人々と触《ふ》れあったり、時には兵士《へいし》たちといっしょに町のダンスホールに出かけたりすることもあったそうです。

しかしやがて、ヴォイテクとともに軍隊生活《ぐんたいせいかつ》を送ってきたポーランド兵《へい》たちは、つらい決断《けつだん》をしなければなりませんでした。戦争《せんそう》が終わって軍隊《ぐんたい》も解隊《かいたい》されることになり、もはやヴォイテクを手元に置《お》いておくことができなくなったからです。そして一九四七年十一月、ヴォイテクはエディンバラ動物園に収容《しゅうよう》され、そこで余生《よせい》をすごすことになったのでした。囲《かこ》いの中に入れられて自由を失《うしな》い、これまでいっしょに暮《く》らしてきた人間たちとも別《わか》れたヴォイテクは、最初はひどく戸惑《とまど》い、悲しみましたが、飼育係《しいくがかり》の手厚《てあつ》い世話のおかげもあって、やがて新しい環境《かんきょう》にも慣《な》れ、動物園の人気者になりました。

戦後《せんご》、ポーランドでは共産主義政権《きょうさんしゅぎせいけん》が成立《せいりつ》し、国土の東側《ひがしがわ》の一部はソ連《れん》の領土《りょうど》に編入《へんにゅう》されました。米ソの下で東西の陣営《じんえい》が激《はげ》しく対立する、いわゆる冷戦《れいせん》の時代がはじまり、ポーランドは東の共産主義圏《きょうさんしゅぎけん》の一員として、実質的《じっしつてき》にソ連《れん》の強い影響《えいきょう》下《か》に置《お》かれたのです。その結果《けっか》、戦争中《せんそうちゅう》に米英《べいえい》など西側諸国《にしがわしょこく》の軍隊《ぐんたい》とともに戦《たたか》ったポーランド軍人《ぐんじん》たちの多くが、故郷《こきょう》に帰ることを断念《だんねん》し、イギリスやその他の西ヨーロッパの国々、アメリカ大陸、オーストラリアなどの異国《いこく》に根を下ろす道を選《えら》びました。故郷《こきょう》に帰れば、反共産主義《はんきょうさんしゅぎ》的な人々と見なされて迫害《はくがい》を受けるおそれがあったからです。ヴォイテクとともにスコットランドに渡《わた》った兵士《へいし》とその家族たちの中にも、イギリスに留《とど》まって新たな生活をはじめた人たちが少なくなかったそうです。そして、ポーランドが自由で民主的《みんしゅてき》な国家に生まれ変《か》わったのは、戦後《せんご》四十年以上も経《た》った一九八九年のことでした。

みなしごの子グマ、ヴォイテクは、戦争《せんそう》があった時代に、不思議《ふしぎ》な運命の巡《めぐ》り合わせでポーランドの兵士《へいし》たちと出会い、彼《かれ》らとともに中東《ちゅうとう》の砂漠《さばく》を走りまわり、イタリアの戦場《せんじょう》に行き、五年間を軍隊《ぐんたい》の中で暮《く》らしたのち、最後《さいご》は故郷《こきょう》から遠く離《はな》れたイギリスの動物園で生涯《しょうがい》を終えることになりました。兵士《へいし》たちとの出会いがなければ、戦場《せんじょう》に行くことも、動物園で暮《く》らすこともなかった代わりに、サーカスや見世物《みせもの》に売られたか、あるいはその前に死んでいたことでしょう。

ところで、戦場《せんじょう》に行った動物はヴォイテクだけではありません。歴史《れきし》を振《ふ》り返れば、多くの戦争《せんそう》で、軍馬《ぐんば》や軍用犬《ぐんようけん》、伝書鳩《でんしょばと》をはじめ、たくさんの動物たちが戦場《せんじょう》に駆《か》り出され、さまざまな目的《もくてき》に利用《りよう》されてきました。人間たちの愚《おろ》かな戦争《せんそう》のために、命を奪《うば》われた動物たちも数知れませんでした。また中には、任務遂行《にんむすいこう》のための道具というより、ペットやマスコットとして軍隊《ぐんたい》に飼《か》われる動物たちもいました。動物たちとの触《ふ》れ合いは、常《つね》に死と隣《とな》り合わせで想像《そうぞう》を絶《ぜっ》する緊張感《きんちょうかん》を強《し》いられる兵士《へいし》たちに、つかの間の安らぎと癒《いや》しを与《あた》えて、彼《かれ》らの士気《しき》を高めたのです。

ヴォイテクもまた、マスコットとして部隊《ぶたい》に飼《か》われていた動物でした。ただしマスコットと言っても、ふつうのマスコットではありませんでした。何しろ、彼《かれ》には兵士《へいし》としての階級が与《あた》えられ、正式に二等兵《にとうへい》として登録《とうろく》もされていたのです。ヴォイテクはしばしば兵士《へいし》たちを助け、部隊《ぶたい》にとっても大いに役立つ存在《そんざい》でしたが、彼《かれ》らはけっしてヴォイテクを利用《りよう》しようとしたわけではありません。

ヴォイテクは、タバコやビールや甘《あま》い物に目がなく、水浴《みずあ》びが大好《だいす》きで、兵士《へいし》たちと取っ組み合いを楽しみ、みんなの注目を浴《あ》びると喜《よろこ》びました。時には、野生の本能《ほんのう》を取りもどして家畜《かちく》を追いかけたり、食いしん坊《ぼう》やいたずらがすぎたりして騒《そう》動《どう》を起こすこともありましたが、人の気持ちがよくわかり、落ちこんでいる兵士《へいし》がいれば、慰《なぐさ》めるようにそばによりそうこともあったそうです。兵士《へいし》たちの証言《しょうげん》では、ヴォイテクはまるで人間のようだったと言います。きっとヴォイテクは、自分のことをクマではなく、人間たちと同じ仲間《なかま》だと思っていたのでしょう。

実際《じっさい》、兵士《へいし》たちにとっても、ヴォイテクは、単《たん》なるペットやマスコット以上《いじょう》の存《そん》在《ざい》でした。故郷《こきょう》を離《はな》れ、長いさすらいの旅の途上《とじょう》にあったポーランドの兵士《へいし》たちはおそらく、みなしごのヴォイテクに自分たちの境涯《きょうがい》を重ね合わせていたのではないでしょうか。ヴォイテクと兵士《へいし》たちは、特別《とくべつ》な絆《きずな》で結《むす》ばれた仲間《なかま》であり、友だちであり、家族だったのです。

戦後《せんご》七十年を迎《むか》える今日でも、ヴォイテクの記憶《きおく》は、書籍《しょせき》やドキュメンタリー番組などのさまざまな形で伝《つた》え続《つづ》けられています。ヴォイテクの終《つい》の住処《すみか》となったスコットランドではヴォイテク記念財団《きねんざいだん》が設立《せつりつ》され、現在《げんざい》、エディンバラ市内の公園に、より添《そ》って歩くヴォイテクとポーランド兵《へい》の姿《すがた》を象《かたど》った大きなブロンズ像《ぞう》を設《せっ》置《ち》する計画が進行中だということです。また、ヴォイテクのことを映画《えいが》にしようという動きもあるようです。数奇《すうき》な運命を生きたクマ、ヴォイテクの物語は、戦争《せんそう》の歴史《れきし》とともに、きっとこれからも世代を越《こ》えて語り継《つ》がれてゆくことでしょう。

この本の作者のビビ・デュモン・タックさんは、近年活躍《かつやく》がめざましいオランダの児童文学作家《じどうぶんがくさっか》です。一九六四年にロッテルダムに生まれ、ユトレヒト大学でオランダ語とオランダ文学を学んだ彼女《かのじょ》は、『ブッキーブッキー』という子ども向けの文芸誌《ぶんげいし》に短篇《たんぺん》を発表したあと、二〇〇一年に最初《さいしょ》の本『うしの本』を出版《しゅっぱん》。その後も、ノンフィクションを中心に子ども向けの作品を数多く発表しています。『うしの本』をはじめ、二〇〇九年に出した絵本『フィートは　はしる』（光村教育図書）など四作品で、オランダの権威《けんい》ある児童文学賞《じどうぶんがくしょう》の「銀《ぎん》の石筆賞《せきひつしょう》」を受賞し、二〇一一年の『冬のどうぶつたち』では「金の石筆賞《せきひつしょう》」を受賞《じゅしょう》しています。子どもの頃《ころ》、たくさんの動物に囲《かこ》まれて育ったという彼女《かのじょ》の作品のほとんどは動物をテーマにしていますが、この本でもヴォイテクやその仲間《なかま》の犬やサルの生き生きとした描写《びょうしゃ》に、動物への深い愛情《あいじょう》がうかがわれます。史実《しじつ》に基《もと》づいたこの作品では人物を描《えが》く技《ぎ》量《りょう》も確《たし》かで、随所《ずいしょ》にユーモアを混《ま》じえた語り口が魅力的《みりょくてき》です。

　なお、この作品の原書はオランダ語ですが、英語版《えいごばん》（バチェルダー賞受賞《しょうじゅしょう》）から訳《やく》出《しゅつ》し、翻訳《ほんやく》とあとがきの執筆《しっぴつ》に際《さい》しては、後に掲《かか》げる資料《しりょう》や番組も参考《さんこう》にしました。また、ポーランド人の名前の発音についてスラブ文学者の沼野充義《ぬまのみつよし》先生に、作者の情報《じょうほう》についてオランダ語の翻訳家《ほんやくか》の西村由美《にしむらゆみ》さんにご教示《きょうじ》いただきました。この場を借《か》りてお礼申し上げます。

戦後《せんご》七十年の節目《ふしめ》の年に、愛《あい》すべき兵隊《へいたい》グマ、ヴォイテクの物語を紹介《しょうかい》できるのは訳者《やくしゃ》にとって大変うれしいことです。若《わか》い読者がこのお話を楽しんで、そして歴史《れきし》を学ぶ一つのきっかけになれば幸いです。

二〇一五年夏

長野《ながの》 徹《とおる》

参考文献等一覧
Geoffry Morgan&Wieslaw Antoni Lasocki, Wojtek soldier bear, Angelini, 2010
Krystyna Mikula-Deegan, Private Wojtek soldier bear, Matador, 2011
Aileen Orr, Wojtek the bear, Birlinn, 2012
Wojtek: The bear that went to war（DVD）, Brightspark, 2011
ＮＨＫ－ＥＴＶ『地球ドラマチック』「戦場に行ったクマ～ヴォイテクとポーランド兵たちの物語～」（２０１２年８月11日放映）
伊東孝之著『ポーランド現代史』、山川出版社、１９８８年
杉本恵理子著『戦場に行った動物たち』、ワールドフォトプレス、２００６年
ベルント・ブルンナー著・伊達淳訳『熊　人類との「共存」の歴史』、白水社、２０１０年

著《ちょ》——ビビ・デュモン・タック

オランダのユトレヒト大学でオランダ語とオランダ文学を学ぶ。2009年に刊行《かんこう》した『フィートは　はしる』（光村教育図書）など4作品でオランダの児童文学賞《じどうぶんがくしょう》「銀《ぎん》の石筆賞《せきひつしょう》」を、2012年刊行《かんこう》の『冬のどうぶつたち』で「金の石筆賞《せきひつしょう》」を受賞《じゅしょう》するなど、近年活躍《かつやく》目ざましい児童文学作家《じどうぶんがくさっか》。

訳《やく》——長野 徹（ながの　とおる）

東京《とうきょう》大学《だいがく》文学部《ぶんがくぶ》卒業《そつぎょう》、同大学院《どうだいがくいん》修了《しゅうりょう》。イタリア文学研究《ぶんがくけんきゅう》者・翻訳《ほんやく》家《か》。ピッツォルノ『ポリッセーナの冒険《ぼうけん》』（徳間書店）、ソリナス・ドンギ『ジュリエッタ荘《そう》の幽霊《ゆうれい》』（小峰書店）、ピウミーニ『逃《に》げてゆく水平線』（東宣出版）他、イタリアの児童書《じどうしょ》を中心に訳書多数《やくしょたすう》。

装丁　稲垣結子（ヒロ工房）
編集　仙波敦子

# 兵士《へいし》になったクマ　ヴォイテク

2015年8月　初版第一刷発行
2024年5月　初版第七刷発行

| | |
|---|---|
| 著 | ビビ・デュモン・タック |
| 絵 | フィリップ・ホプマン |
| 訳 | 長野　徹 |
| 発行者 | 三谷　光 |
| 発行所 | 株式会社 汐文社 |
| | 東京都千代田区富士見1-6-1 |
| | 富士見ビル1F　〒102-0071 |
| | 電話03-6862-5200　FAX03-6862-5202 |
| URL | https://www.choubunsha.com |
| 印刷 | 新星社西川印刷株式会社 |
| 製本 | 東京美術紙工協業組合 |

ISBN978-4-8113-2205-6